엘리베이터, 하늘을 날아 오르다

엘리베이터, 하늘을 날아오르다

인쇄일 2023년 8월 23일
발행일 2023년 8월 28일

글쓴이 靜潭 김흥천
발행인 이명수
발행처 도서출판 세줄 (등록번호 2-4000)
　　　　서울시 중구 마른내로 4길 9-1
디자인 세줄기획
총판처 가나북스
　　　　경기도 파주시 파평면 율곡로 1406
　　　　TEL. 031)959-8833 FAX. 031)959-8834

값 13,000 원

ISBN 979-11-88798-32-2 03810

저자 이메일 chy1775@hanmail.net

Essay 2集 | 通卷 3集

엘리베이터, 하늘을 날아 오르다

靜潭 김 흥 천 지음

자전적 수필집

Elevator soars through the sky
Indeed? Pile of stories

지독한 한 여름의 폭염은 모든 생명들의 성장을 채근한 뒤, 드디어는 9월에 접어들면서 낯선 선선한 바람은 곧 가을을 예고하고 들판의 벼 이삭은 누렇게 변해 가는 수확의 계절로 접어들고 있음이다.
한 여름 내내 詩集(시집)을 마무리하여 편집실에 송고하고, 이제는 쉬려 하나 가슴 한켠 솟아오르는 새로운 인생의 흔적을 탐구하고픈 조급한 욕망은 다시 책상에 앉혀 자판을 두드리게 만든다.

필자의 70여년의 삶을 통하여, 내 몸에 숙명처럼 각인된 현대사의 극적 반전의 이 시대를 사는 세상의 근원과 질서를 철학이 아닌 일상의 敍事的 思索(서사적 사색)을 하고자 한다.

우리 모두가 경험하고 직면하였던 일들이 지금은 아련한 추억이 되어 버린 빛바랜 역사가 되어, 묻혀 누구도 기억 해 주지 않는 사실들을 먼지를 털어 끄집어내어, 우리 윗세대의 모험과 개척 정신을 反芻(반추)하며 처절히 한 끼의 虛飢(허기)를 위해 어떤 피 땀을 흘렸는지, 한편 우리 윗세대와 우리 세대의 헌신과 노력으로 일군 현재를 감사하며 당시 상황을, 望八(망팔)의 흔적들과 함께 사색도 정리 해본다.

모든 것이 풍요롭게 누리는 현재의 세상은 자연히 이루어진 것이 아닌 그 고유의 피땀의 역사를 품고 있는 사실을 들추어내어 새로운 변화의 밑거름 동력을 삼는다면 그 가치는 더하고 그 결과는 매우 흡족할 것이다.

1910년 518년 역사의 조선조가 무너진 이후 100년간의 현대사는 식민시절과 해방의 혼란, 전쟁의 참화시기를 더해 50년이란 최악의 시기를 겪으며 세계 최고의 빈국으로 대다수 국민이 草根木皮(초근목피)로 연명하는 황달의 황인종이 분명하였다.

구한말과 식민시기 6. 25 동란 등, 50년의 최악의 시기를 보낸 우리 윗세대 반전의 30여 년의 대변화를 우리는 꼭 기억했으면 한다.

나머지 30여 년의 민주화를 가장한 대중 투쟁들도 결국은 30년의 대변화 끝에 찾아온 풍요의 부산물이 아니겠는가?

이런 국가가 이제는 세계의 빈국들을 救恤(구휼)하고 선진국으로 발돋음하는 세계사에 그 유래를 찾아보기 어려운 기적이 되었음은 과연 어떤 마법이 있었을까?

나는 그 궁금증을 탐구해 보기로 한다.

차 례

Prologue • 04

제1부 • 현대사와 함께
제1막 • 태동기 - 혼돈의 시절 • 13
제2막 • 유아기 - 헐벗은 대지 • 18
제3막 • 소년기 - 전쟁 후의 참혹한 현실 • 23
제4막 • 성장기 - 살기 위한 몸부림 • 41

제2부 • 지정학과 패권
제1막 • 세계의 지정학 • 73
제2막 • 한국의 지정학적 특징 • 78
제3막 • 새로운 선택 • 87

제3부 • 望八의 방황과 사색
1. 가을의 서사 • 98
2. 별 이야기 • 102
3. 음악을 마주한 또 다른 나의 속살 고백 • 106
4. 짓궂은 시련은 • 110
5. 보이는 것이 어디 그뿐이랴 • 116
6. 가을비는 내리는데 • 120
7. 무엇을 가져갈까? • 123
8. 數가 내게 전해 주는 함의는? • 127

9. 코로나의 난동 • 130

10. 친구에게 • 135

11. 어설픈 가을 여행 • 141

12. 10월이 가며 • 146

13. 끝 모를 여행 • 150

14. 옛살비는 桑田碧海(상전벽해)의 땅 • 153

15. 오후의 사색 • 159

16. 교회 담장 밖의 산책 • 166

17. 허구의 SF세상 • 174

18. 12월의 편지(5번째 송년 편지) • 180

19. 1월의 편지(신년의 소망 편지) • 182

20. 죽음의 Aporia • 184

21. 봄을 기다리며 • 189

22. 사랑에 대하여 • 193

23. 새 삶의 미장센 • 197

Epilogue • 207

- 기본 story를 집필 한 후, 본문 일부의 숫자는 참고 문헌과 인터넷의
  자료 일부를 사용하여 보정하였음을 밝힙니다.
- * 표시는 가능하면 기원으로부터 이르는 필자의 시선으로 서술합니다.
- 詩의 경우, 본문에서 페이지가 바뀌어 연 구분이 있을 때에는〈표기를 한다.

엘리베이터, 하늘을 날아오르다

엘리베이터는 오백여 미터 높이의 하늘을 거침없이
지상을 출발하여 날아오르며
끝내는 별들이 무수히 머무는 *미리내에 다다른다.
지상엔 장난감들이 거미줄에 불을 밝히며 끊임없이
꿈틀대는 수채화를 그려 내는구나.

대합실 닮은 기다란 콘크리트들이 널려 있다
청계천 게딱지처럼 붙은 판자촌은 사라지고
광나루 나룻배는 전설이 되고
강변 모래밭 땅콩들도 사라진 지 오래 된 모양이다

우수 가득하고 까무잡잡한 거인의 영웅이 그려낸 신화는
헐벗고 굶주리던 민초들을
통일 쌀로 배 불리 먹이고 고무신 대신 구두를 신겨
엘리베이터 태워 하늘로 초대한 모양이다

헐벗은 민둥산은 검푸른 색깔의 수목 바다로
한강에는 나룻배 비린내 대신 유람선에서 커피 향이
신작로 달구지 대신 삐까삐까 승용차가

집집이 굴뚝 대신 연기없는 화기가 사람을 데운다.

엘리베이터에 사람을 모으고 지식을 모아
농경사회를 아득한 전설로 내몰고
첨단의 새로운 문명을 창조하는 신 현대인이 오르는
거대한 하늘 사다리이다
그러나 나는 시대의 얼치기, 구시대를 잊지는 못한다.

*미리내: 은하수의 예쁜 우리 말

2021년 12월 18일 저녁, 함박눈이 소복소복 소리 내며 온 들판에 쌓인다. 참으로 소복소복 선물같이 설래며 반갑다.
라디오에선 크리스마스 캐럴 *'껴안으라. 모든 이들이여 별이 빛나는 하늘 저편, 이 땅에 환희의 노래를 부르자' 노래가 나온다.

나는, 물질은, 세상은 도대체 무엇이고 현재를 살아가는 이곳은 어떤 곳이란 말인가?
나는, 그리고 세상의 생명체들, 내가 살고 있는 지구, 저 멀리 태양, 또 더 멀리 우주속의 헤아릴 수 없는 별과 행성들, 헤아릴 수 없는 은하들, 모든 것이 탄생과 죽음이 반복되는 질서는 훗날 반듯이 모든 것이 파멸된다는 죽음의 그림자를 피할 수 없는 이 법칙은 노대체 무엇이란 말인가?

그 중에도 또 나와, 나와 같은 인간만이 오로지 죽음을 예견할 수 있는 생명체는 무엇일까?

동쪽 창에 빛이 들어오기 시작했다.
하루의 일과가 시작되기도 한다. 바삐 얼굴에 물을 찍고 수건으로 닦아 낸다.
형형색색 아침 식탁에 앉아 바삐 무언가를 내 목구멍으로 넘긴 뒤 현관을 나선다.
힘차게 자동차에 시동을 걸고 몇 십분 달려 사무실에 도착한다.
그리고 책상에 걸터앉아 오늘 할 일을 머릿속에서 정리 해 본다.
아,,,, 오늘도 만만치 않겠구나.
....
그리고 얼마간 시간이 지나 햇빛은 서서히 사라지고 또 집으로 향한다.
오는 길 차창으로 달도 보이고 샛별도, 목성도 보인다.
모두가 무엇에 쫓겨 저마다 광속으로 어디론가 달려간다.
엘리베이터를 타고 현관에 도착하니 구수한 된장찌개 냄새가 코를 자극하고 있다.
가족들과 간단한 하루 일상을 이야기 하며 식탁을 떠나 힘찬 물줄기에 피로를 푼다.
작은 서재 책상 위에 펼쳐진 읽다만 책을 들춰 본다.

제 1 부

현대사(現代史)와
함께

1막. 태동기(胎動期) - 혼돈의 시절

나는 꿈속(unreal)에서 삼신할머니를 만나며 나의 이야기는 시작된다.

1918년 1차 세계대전에서 패한 독일은 1938년 8월 오스트리아, 체코를 무혈 병합하고 1939년 9월 1일 폴란드를 침공함으로 2차 세계대전이 유럽에서 발발하고 일본은 1937년 중국을 공격, 동남아시아 전역을 전쟁의 전화 속에 몰아넣었던, 2차 세계대전은 1944년 '라이언 일병 구하기'의 *노르망디 상륙작전과, 1945년. 8월 6일 히로시마. 나가사끼 원폭 투하로 8월 15일 일본이 투항하며 9월 2일 종전협정이 되고, 세계는 두 진영으로 나뉘어 신냉전시대에 접어들게 되다.

일본으로부터 해방된 지 얼마 안 돼 부모님의 자비와 사랑으로 이 세상 구경이 시작되었음을 고하게 되었다.

해방의 기쁨과 함께 36년의 暴壓(폭압)과 植民(식민) 질서가 허물어지며 새로운 國運(국운)을 맞는 혼란의 시기였으리라.
1945년 8월 15일 정오 라디오 전파는 일본국 왕 히로히또의 "세계의 대세와 현 상황을 감안하여 시국을 수습코자 신민에게 告한다. 짐

(朕)은 제국 정부로 하여금 미. 영. 중. 소 4개국에 그 공동선언을 수락한다는 뜻을 통고하였다. (미 전함 미주리 항모에서 맥아더 원수의 지휘 이래 이루어지다.)"

패전 항복 선언문이 떨리는 음성으로 전 세계를 강타하며 자유 대한민국의 고난과 희망의 시작을 알리는 비장한 날이었으리라.

다음날 8월 16일 재빠르게 좌익의 여운형이 건국 준비위원회(9월 6일 조선인민 공화국으로 개칭)를 발족시켜 서대문 형무소에 수감된 사상범 등을 석방시키고 연이어 조선공산당, 한국국민당, 조선국민당 등 수 없는 정당, 단체들이 들불처럼 만들어지며 온 나라는 축제와 구호로 혼란의 시기가 왔음을 알리며 *信託統治(신탁통치)를 둘러싼 찬탁, 반탁의 소용돌이로 또한 이 나라는 혼란에 빠져 들었으리라.

미국 극동군 총 사령관 *맥아더원수와 한국 군정청장 아놀드 소장은 식민지하 *관료, 경찰들을 대거 유임시켜 행정과 치안을 담당케 하므로 후일 친일 논쟁을 일으키기도 하였다.

*노르망디Normandie:1944.6.6. Eisenhower원수(미 34대 대통령)의 4000척의 전함과 100만 명의 상륙군이 상륙작전 성공으로 프랑스가 해방되고 독일 본토 진입의 발판이 됨.

*신탁통치 회의: 모스코바 삼상회의(미국 대표 James F Byrnes. 영국 대표 Ernest Bevin. 소련 대표 Vyacheslav Molotov)

*식민지하 관료: 전통적인 농경 사회인 조선 반도에서 문맹을 깨우친 이들이 많치 않고 그나마 식민지하에서 開明된 이들을 看過 해서는 않된다. 당시 文盲率은 90% 이상 달했다.

*맥아더 장군Macarthur: 미 육군 원수 참모총장으로 태평양 전선에서 일본을

패퇴 시키고 일본을 군정 통치하던 중 6.25 발발로 유엔군 총사령관을 맡아 지휘함. 중국에 위협직인 맥아더는 진쟁이 계속 획대되는 깃을 원치 않면 한국 전쟁 중 트루먼에 의해 해임되고 의회의 이임 고별 연설에서 유명한 말을 남긴 다. 전선에 두고 온 병사들에 향해 "그들은 내 기억과 기도 속에 늘 함께 할 것 이다. 그리고 "노병은 결코 죽지 않고 단지 사라질 뿐이다"
(Old soldiers never die, they just fade away)

미군정은 歐美 등 선진 자유 민주국가에서 교육 받은 인사중
김성수, 송진우 등을 행정 고문
김병로를 사법 부장
조병옥을 경무 부장
정일형을 인사행정처장으로 발탁, 나라를 시작하고 이즈음 해외 있 던 독립 운동 세력들도 서울에 집결되기 시작 하였다.
드디어 1945. 10. 16일 귀국한 *이승만 박사를 23일 모든 파벌들이 모여 "독립촉성중앙협의회"(촉성회) 의장으로 추대하여 現代史(현대사) 에 그 족적을 남기며, 反共防日(반공방일)의 기틀을 마련하였다.

이때 이북은 김일성의 1945년 8월 귀국으로 소련파와 연안파 국내 파를 제거하고 빨치산파가 득세하며 1946년 10월 레닌니즘과 *마르 크스니즘을 기본으로 공산주의 임시 정권을 수립하였다.(북의 건국 기 념일 1948년 9월 9일)
김일성은 정권 수립 전 1946년 2월 남한보다 빨리 공산주의 국가 건 설을 위해 *토지 개혁을 실시하다.
미국의 트루먼 대통령은 1947년 3월 2차 세계대전 후 유럽에서의 소련 영향력을 저지키 위해 *트루만 독트린을 선언하다.

*이승만:(1875-1965) 호는 우남雩南 1905년 워싱톤대(30세), 하버드대 석사. 프린스턴대 박사 학위 취득. 프린스딘 당시 총징 윌슨의 지도를 받고, 윌슨은 후에 28대 미국 대통령으로써 민족자결주의를 천명하여 유럽 약소 식민 국가들의 독립 의지에 지대한 영향을 주었고 조선에서는 3.1운동의 기폭제가 되다.

*북한의 토지 개혁: 일제 식민지하 일본이 지금의 압록강 북쪽에 만주국(1932-1945)을 개국하여 청나라의 마지막 비운의 황제 푸이를 왕으로 옹립하고 이를 지원하기 위해, 조선반도의 함경도 평안도 일원에 제련소, 비료공장, 철강, 수력발전소, 제지공장 등 근대 산업 기반 시설을 다수 설치하였다.

1946년 2월 북조선임시인민위원회 포고로 모든 토지와 위 산업시설에 대해 무상 몰수로 국유화 조치를 취하고 지주(有産階級:유산계급)들을 제거하며 중국의 현재와 같은 農奴농노(Serfdom소유권은 없고 경작권만 인정하며 경작 소득의 일정액을 납세토록 하는) 제도를 실시하다. 이로써 사유 재산 소유와 주거 이전의 자유가 금지, 제한되었다.

중국 공산 정권 또한 현재 3억 명으로 추산되는 農民工(농민공:低端人口)들이 지정된 농지와 주거지를 이탈하여 도시의 산업화에 무단으로 편입되어 자녀들이 취학도 안 되는 등 현재 중국의 뇌관이 되고 있다.

*마르크스: 독일의 철학자이며 공산주의 창시자로 영국으로 추방되어 자본론1부를 저술하고 2.3부의 원고는 사후 그의 친구 엥겔스에 의해 완성되며 그 주 내용은 자본주의는 반듯이 몰락하고 공산사회가 올 수밖에 없다는 철학적. 경제학적 이론을 체계화 하다.

*트루먼 독트린Turman doctrine:종전 후 1947년 소련의 영향력을 통제 하며 터키, 그리스. 독일 등 유럽의 전후 부흥을 위해 즉각적인 군사, 경제 원조를 실시. 이 때 Marshall 국무장관과 함께 UN. IMF. NATO. IBRD. Marshall plan.을 창설하다.

1950.1월 애치슨 국무장관에 의해 Acheson line(한국과 대만이 제외된 극동 방어선)이 설정되다.

남한은 1948년

촉성회(이승만)와 한민당(백남훈, 허 정, 김도연, 윤보선, 윤치영, 장덕수)은 단독정부 수립을, 한독당(김 구, 조소앙, 이시영, 이동녕)과 민족자주연맹(김규식) 남로딩(여운형 피살)등은 남북통일 정부 수립을 주장하였으나 김일성은 이미 괴뢰 정부의 골격을 갖추고 있고, 김구의 방북 회담도 실패되고, 남한 단독 선거를 저지하기 위해 남로당의 총파업과 제주에서 *4.3 무장 봉기가 일어나지만,

*4.3사건: 제주 1948. 4. 3일에 발생한 해방 후 극심한 궁핍과 단독 선거에 대한 불만적 소요 사태.

*여순 반란사건:1948. 10월에 4. 3사건을 진압키 위해 여수에 주둔하고 있던 국군 14연대에 진압 명령을 내렸으나 이를 거부하고 순천과 전라도 일대를 점령(10.19~10.27)하는 여순반란사건이 발생. 후에 5개 연대를 투입 하여 진압 후 패잔병들은 후에 지리산에 은신 후 토벌되다.

결국은 5. 10선거(대통령 국회에서 간선)가 결정되고 7. 17일 제헌 헌법이 제정 공포되어 8. 15일 정부가 수립되었다.
부통령 이시영, 총리 이범석(국방장관 겸임), 외무 장택상, 내무 윤치영, 법무 이인영, 재무 김도연, 문교 안호상, 사회 전진환, 교통 민희식, 상공 임영신, 농림 조봉암등으로 組閣(조각) 되다.

2막. 유아기(乳兒期) - 헐벗은 *대지

이제 서서히 세상의 골격들이 하나하나 갖추어지는듯 하니 더 머물 것도 없이 대지의 *Gaia 여신으로부터 벗어나 혼란스럽기도 하지만 희망의 땅으로 첫 걸음을 떼어 보기로 하자.

가이아의 *산고 끝에 세상에 나와 보니 우와 … 생각했던 것보다 세상은 어지럽고 황량하여 차마 보기 민망할 정도의 굶주림의 처참함으로 세상에 온 걸 후회하는 데는 그리 많은 시간이 걸리지 않았다.

반쯤 넘어간 사립문에서 집 떠나보내는 "아가야 그곳에서 배불리만 먹을 수 있다면 그곳이 고향이니라" 며 이별의 눈물짓는 노파의 애딜픈 흐느낌 소리를 들으며,
동구 밖으로 나서 보니 앞에 맑은 시냇물이 졸졸졸, 송사리 떼가 몰려다니고 잠자리가 비행을 하며, 소 *달구지가 덜컹 거리며, 주변 산야는 나무 한 그루 없는 헐벗은 민둥산 모습이며 윗집 할머니는 적삼도 걸치지 않은 半裸(반나)인채 개울에서 식수를 머리에 이고, 한쪽에서는 소에 묶은 *쟁기질로 논을 갈아엎고 있고, 논두렁에서는 아낙들이 봄나물을 채취하고 있으며 *갓을 쓴 할아버지는 흰 도포 자락에 긴 *곰방대를 들고 꿰맨 검정 고무신을 신고 어디론가 부지런히 발걸음을 재촉한다.

*그리스 신화의 Gaia: Chaos 신과 함께 태초 대지의 어신, 출산의 여신

*대지. 땅: 유기물, 무기물들이 생성하고 소멸되는 순환의 지상.

*産苦 생명의 탄생: 진화론

생명 현상과 깊은 우주의 공통적인 물질 즉 수소 나트륨 마그네슘 철 등 지구가 생명의 발생과 서식을 위한 완벽한 조건을 갖추게 된 것에 놀라운 우연이 얼마나 축복인가. 인체의 25가지 원소들이 우주 어느 곳에나 존재하며 돌연변이(Mutation)와 자연선택(Variation)에 의해 끊임없이 진화하며, 적응 못하는 종은 도태되고 만다. (다원의 진화론)

*달구지: 소나 말 당나귀의 힘을 이용해 움직이는 수레

*적삼: 윗도리에 입는 홑겹의 저고리

*쟁기: 술. 성에. 한마루를 삼각형으로 맞춰 줄을 매어 소가 끌게 하는 농업용 기구

*갓: 십자화과의 두해살이풀로 만든 성인이 된 남자가 머리 쓰는 의관

*곰방대: 대나무 등으로 만든 보통 크기(30cm정도)의 엽초 담배를 피우는 기구

면사무소 앞에는 흰 두루마기와 흰 *廣木(광목) 치마를 입은 많은 인파들이 포고문의 무언가를 열심히 보고 있고 글을 읽는 긴 수염 할배는 무엇인가를 열변으로 인파들에게 설명을 하고 있다.

한편 중국 대륙에선 모택동이 1949년 국민당 장개석 중국 정부를 대만으로 몰아내고 중국 공산당 정부를 세움으로 한반도와 주변으로 자유민주주의와 공산주의 대결이 본격화되는 냉전 시대의 개막이 오르다.

이즈음 남한 정부는 제2대 총선일 1950년 5월 30일이 다가오고, 소작농들의 민생 해결을 위해 시급한 농지 개혁을 서둘러야 했다.

드디어 1950년 3월 남한 정부는 진통 끝에 *농지 개혁(이북: 토지 개혁)을 발표히는데 이북의 무상 몰수, 무상 분배 방식이 아닌 유상 방식을 채택하고, 유상 보상금은 6.25 전쟁 후 후일 산업화의 투자 자금의 기틀이 되기도 하고 *적산 국유 재산을 불하 받기도 하였다.

*광목廣木:조선시대 말기 수직기로 제작된 미표백의 木綿류
*제2공화국부터는 남한 대신 대한민국, 한국.

1949년 6월 21일   농지개혁법률 안이 국회를 통과하고
1950년 2월   농지개혁법률 개정안이 국회통과
1950년 3월 10일   농지개혁법을 공포
4월 28일   위법의 시행규칙이 공포
6월 23일   위 규칙에 의한 농지배분 규정공포

주요 내용

분배 대상: 3町步 (9,000평)이상
보상 지가: 1년 수확량의 150%
보상 방식: 5년 균등 보상 30%
            기업 자금과, 산업화의 투자 자본으로 알선 유도
상환 방식: 5년 균등 상환 30%

당시 현황

남한 인구의 70%가 농업에 종사하는 농경사회
전체 농경지의 70%가 소작농. 자작농은 14%

*적산: 광복 이전 국내에 있던 일본(적국) 소유의 재산

농지개혁에 관련된 포고로 국민들은 면사무소 등 관계 기관에 분주히 드나들고 3월에 통지서를 수령하며, 5월의 국회의원 총선을 마친 지 얼마 되지 않아,

우리 민족에게 커다란 시련이 성큼 성큼 다가옴을 미쳐 눈치 채지도 못하는 사이 김일성은 *Acheson Line의 허점을 이용하여 소련의 스탈린과 주코프 국방장관에게 수차례 남침 계획을 보고하여 이를 승인 받고, 소련과 朝蘇(조소)비밀협정. 중공군과는 상호방위조약을 체결하여, 무기와 장비를 지원 받아 1950. 6. 25일 새벽 4시 3.8선 全전선에서 일제히 남침을 감행하기에 이른다.

사흘 후 6월 29일 서울이 함락되고,

부랴부랴 나의 부모님은 나를 등에 들쳐 업고, 한 손에는 간단한 짐보따리, 또 한 손엔 초등이 형을 손잡고 피난 보따리를 들고 포탄과 *부역자들을 피해 밤낮을 가리지 않고 아수라장이 난 길로 피난민들의 무리에 합류하여 남으로, 남으로 행군을 하니 이 비참한 전쟁의 참상을 어찌 담을까?

*Acheson Line; 트루만 정부의 국무장관 에치슨이 극동 아시아에서 공산주의 정권 소련과 중국을 방어하는 지역의 극동방어線을 확정.(한반도와 대만은 제외 일본 포함)

*부역자附逆者: 반역자 Traitor

이 무렵 북조선의 인민들 중 핍박 받는 지식인. 기업인. 지주. 성직자. 자본가 등 많은 이들이 혼란한 틈을 이용해 130만 명(당시 북한 인

구 750만 명: 180만 명 탈출설도 있음)으로 추산되는 인구가 남한으로 탈출하게 되니 피난길은 생지옥으로 말이 아니었다.

한편 남로당원 등 좌익 인사 10-13만 명 정도가 대부분 공산 정권으로 월북을 하니 남한에서는 전쟁 후 좌익의 공세는 한결 약화되어 이념 정리가 상당 부분 자연히 해소되는 역설이었기도 했다.

북한이 남침한 6.25의 참담한 실상이야 70여 년이 지난 오늘 모두가 밝혀져 그 이야기는 접고, 전쟁 후 우리 국민들의 피나는 노력으로 참화를 극복하고 재건해 나가는 대하드라마를 나의 작은 시선으로 돌아보며 나의 先代(선대)와 우리 세대에게 경의를 표하고 싶다.

3막. 소년기(少年期) - 전쟁후의 참혹한 현실

1950년 6월 27일 전쟁 발발 2일 후 트루먼은 한국군을 지원토록 명령하고, 6월 28일 미 극동군 사령관 맥아더 원수가 내한하여 전선을 시찰하고, 7월 7일 유엔 안보리에서 맥아더 장군을 유엔군 총 사령관에 임명하며 총*16개국이 참전을 하게 된다.

또한 이승만 정부도 한국군의 지휘권을 맥아더 장군에게 위임하는* 대전 각서를 체결하여 본격적으로 전쟁은 국제전으로 발전하기에 이른다. 아군과 유엔군은 인민군에 밀리고 밀려 낙동강 전선을 겨우 유지하기에 이르러 인민군의 완전 점령이 눈앞에 이르렀지만,

*16개 참전국: 미국, 영국, 캐나다, 뉴질랜드, 호주, 남아공, 터키, 태국, 그리스, 네덜란드, 콜롬비아, 에디오피아, 필리핀, 벨기에, 룩셈부르크 이상 16개국은 지상군. 공군, 해군 참전국임

*5개 의료 참전국: 인도, 노르웨이, 덴마크, 스위스, 이탈리아

*대전 각서 : 유엔군 사령관에게 한국군의 작전 지휘 전권을 위임하는 조약.후에 작전 지휘권 및 전시 작전권의 모태가 됨/ 한국군이 현대화를 할 수 있는 절호의 기회가 닦아옴.

*작전지휘권(통제권):6.25가 발발하자 준비가 되어 있지 않은 한국군이 독자적 작전 수행이 불가능 했으며 이승만 대통령은 1950.7.14.일 당시 유엔군 사령관 맥아더 원수와 무초 주한 대사에게 지휘권을 이양함으로서 국군이 통합군 편제에 들어 지상군은 미 제8군사령관, 해공군은 극동 해공군 사령관의 지휘를 받게 되었다. 7. 25일 유엔 사무총장에게 통보되고 안전보장이사회에서 사후 추인되었으며, 1953. 10. 1. 체결된 "한미 상호방위조약"에 의거 1954.

11. 17.일 휴전 후에도 유엔사령관이 한국군 통제권을 계속 행사하도록 합의가 되었다. 이후 1994. 12. 1일 한미공동추진위원회의 기본합의서에 의해 평시작전통제권은 한국군에 이양되고 전시 작전통제권만 유엔군 사령부(미군사령부)가 행사 하게 되어 현재 까지 유지 되고 있다.

작전권이 맥아더 원수에게 위임됨에 따라 한국군도 유엔군의 일원이 되어 형편없었던 각종 무기와 전투복, 군화 등 보급품 일체가 새롭게 제공되기 시작하고,

대구 방어선을 어렵게 유지하면서 맥아더 원수는 참모장 Almond 소장에게 *인천상륙작전(작전명:Blue Hearts)을 하달하여 미 제10군단이 편성되며, *만조일(滿潮日)인 1950. 9. 15일 인천상륙작전을 감행하여 전쟁 발발 후 3개월여 만에 9월 28일 서울을 수복하기에 이르며 압록강, 두만강까지 전선을 형성해 통일이 눈앞에 다가오는 듯 했다.

*인천상륙작전: 낙동강 전선에서 교착 상태에 빠진 유엔군(맥아더장군)은 9. 15일 6시 인천의 월미도에 한미 해병대가 상륙하여 인민군의 허리를 끊음으로 전세를 반전시킨 전투. 한국 해병 4개 대대, 미 7보병사단, 미 1해병사단은 인천. 김포비행장, 수원을 탈환하고 한국군 2개 대대와 미 제1해병사단은 9.19일 한강을 건너 27일 중앙청에 태극기를 게양하며 작전을 종료했다.

*滿潮(만조):조석(사리)은 지구와 달의 중력의 세기에 의해 일어나는데 달을 마주한 바다와 그 반대편 바다의 물이 모이는 현상을 말하며 달의 위치 변화 지구 공전 자전을 통해 만조(사리)와 조금이 일어난다.

한편 우리의 피난길은 부산을 중심으로 온통 북새통을 만들고 우리 가족들과 일부는 김천의 어느 방죽이 있는 산골 마을에 인민군을 피해 숨어들어 후에 무사히 귀향할 수 있었다.

그러나 전쟁은 이것으로 끝이 아닌 것 같다. 1950년 11월 중공군의 인해전술(人海戰術)로 인민군과 합류하면서 전세는 다시 유엔군 전선이 압록강과 두만강에서 남쪽으로 밀려 12월 9일 맥아더 장군의 철수 명령으로 12월 13일부터 12월 23일까지 *흥남 철수가 단행되고, 서울이 다시 함락되어 미 8군 사령관 Rigdway 중장은 오산까지 후퇴를 결정하고, 정부도 1.4후퇴가 결정되어 다시 서울이 함락되는 지경에 이르나 3개월 후 3월에 서울을 재수복하기에 이르고, 전선이 현재의 3.8선 부근에서 지루한 교착 상태에 빠진 1953년 7월 27일 *停戰(정전) 협정을 체결함으로 길고 긴 전쟁은 이제 남과 북의 사상과 이념 전쟁으로 변모되어 아직도 계속되고 있다.

*흥남철수:600만톤의 전쟁 장비를 싣기로 하였으나, 장비를 폭파시키고 대신 알몬드 장군은 피난민 91,000명을 승선 탈출시킴. 미 제10군단, 미 제10사단, 국군 1군단 등 105,000병력도 탈출함.

미 제10군단장 알몬드 소장은 해방 후 한국 정부 수립 전 군정청장 역임

*정전협정:停戰協定 1953년 7월 27일 3년1개월 만에 휴전. 유엔군대표 해리슨 소장과 북한군대표 남일이 서명.

소련의 스탈린 서기장이 1953.1.13. 사망하고, 후루시쵸프가 취임

전쟁 수행 중 군사비 폭증으로 화폐의 남발과 북한이 불법적으로 남한에 위조화폐를 대량 유통시켜 1950. 8. 28. 정부는 조선 은행권을 한국 은행권으로 *화폐개혁을 실시하여 Denomination(화폐단위의 절히)을 실시하였다.

이로써 6.25가 남긴 전쟁의 상흔(傷痕)을 하나하나 되돌아보면서 우

선 이 전쟁이 있어선 절대 안 되는 事變(사변)이지만, 이는 우리에게
많은 시련을 주기도 하고, 그로 인해 이 나라 이 국민들에게 뜻밖이
선물도 주었다는 역설을 생각해보자.

*화폐개혁currency reform: 한국은 정부 수립 후 3차례이 화폐 개혁을 실시.
1950. 8. 28.전쟁중 군사비의 충당으로 화폐가 남발되고, 북한 화폐의 대량
불법 유통으로 조선 은행권에서 한국 은행권으로 변경 발행하다.

1953. 2. 17.거액의 군사비 지출로 인한 인플레이션을 수습하기 위해 교환 비
율 100:1의 '원'에서 '환'으로 변경.

안정이 되자 1959년 10. 50. 100환의 주화 발행

1962. 6. 10.군사 정부는 1957년부터 외국 원조가 줄어들고 1차경제개발5
개년 계획으로 자금 조달이 필수적으로 강력한 통화신용을 구축해야만 함으로
지하에 은닉된 지하 경제의 양성화를 목적으로 10:1의 '환'에서 '원'으로 변경
하며 6종의 은행권(500, 100, 50, 10, 5, 1)을 발행하며, 10전, 50전권을 추
가로 12월 발행하게 된다.

6.25는 1392년 태조 이성계의 개국 후 1910년 순종에 이르는 518
년 조선왕조의 *신분 계급과 臣民(신민) 계급을 타파하고 근대 문명국
가의 국민임을 모두가 깨우치며, 국가와 국민의 정체성(Identity:본질)
을 세우는 계기, 또한 갓과 두루마기를 벗어 던진 조선 왕조의 문명
에서 일거에 서양 문명과 문물을 조선의 兩班(양반)들이 아무런 저항
도 못하고 받아들이는 놀라운 혁명적인 사건으로 대한민국의 기적을
예고하기에 이처럼 충분한 大 사건도 없으리라.

부산 피난민들은 하루하루 끼니를 위해 온 산야에 나무 조각과 구호

물자 종이 상자로 판잣집을 만들고 노동이든 붕어빵 장사, 생선장사, 보따리상, 노섬상, 1954년 들이닥친 신 불실 "Nylon 옷 상사 능 닥치는 대로 무엇이든 해야만 했고 북에서 탈출하여 월남한 지식인들 중 대부분 공장에 경험이 있는 이들 또한 다른 판자촌에서 가내 수공업으로 무엇이든 만들어 팔아 생계를 꾸리니 온통 부산은 활발한 전쟁 경제 속에 그야말로 *시장 경제의 선구자들이 모였던 곳이리라. 실로 이 참혹한 전쟁에서 진정으로 지키고자 하는 우리의 가치와 이념이 20세기가 지나기 전 우리 앞에 펼쳐지리라.

*조선 시대 신분 계급(4 계급)

- 양반: 조상의 혈통을 기준으로 사대부 출신들로 경제적 정치적 관료의 특권 층을 형성하고 학문을 중시하는 계급

- 중인: 서울 중앙부에 거주하는 자로서 하급관리 즉 醫(의) 譯(역) 籌(주) 觀象(관상) 寫字(사자) 圖畵(도화) 등 사무를 보며 관직도 세습되는 계급을 형성

- 상민: 농공상에 종사하며 納稅(납세) 貢賦(공부) 軍役(군역)을 맡으며 토지 없는 農奴(농노)의 계급

- 천민: 公賤(공천)과 私賤(사천)으로 나뉘며 가장 낮은 계급으로 매매나 양도 할 수 있는 奴婢(노지) 白丁(백정) 倡優(창우) 僧侶(승려) 巫覡(무적) 등이 있 다.

*Nylon:유기 화학자 wallace H carothers가 1935년 석탄과 물 공기에서 최초 로 발명하여 1938. 9. 28.일 듀폰사에서 제품화 시켜 각종 의류 및 생활용품 의 혁신을 이루고 대중화 시켰다.

굵기에 따라 타파타(taffeta) 립스탑(ripstop) 옥스퍼드(oxford)등이 있으며 굵기에 따라 나이론 1g으로 9000m의 실을 만들었을 때 이를 1denier로 1g으로 900m을 만들면 10denier로 표기 한다.

*시장경제:market economy 사회주의의 계획경제에 반하여, 자본주의의 경 제 체계를 일컫는 것으로 모든 생산 활동이나 소비 활동이 자유로이 시장 가

격, 생산, 소비가 각 주체들에 의해 이루어지는 것을 말한다.

북한에서 월남한 기업인들을 살펴보자.

북한 탈출 130만 명 중에

대한민국에서 활발히 기업 활동을 하는 인사는 수 없이 많지만 대표적으로 몇 분만 꼽아 보겠다.

우리 모두가 아는 현대그룹의 고 정주영 회장을 필두로 오뚜기, 린나이, 태평양화학, 삼양식품, 샘표간장, 한라그룹, 현대약품, 통일그룹, 에이스침대, 매일유업, 남양유업 등등등........

제지산업의 모든(참으로 모든 이) 창업자 등등등........

헤일 수가 없다.

참혹한 전쟁은 다행히 월남한 유능한 기업인들, 자본가들, 지식인들에 의해 대한민국의 경공업 입국의 금자탑을 쌓아 갔으며, 10여만 명의 남로당 잔당들이 월북을 하며 그 시끄러운 이념 대결도 조기에 대부분 해소가 되고, 월남한 지식인들은 북한에 있던 학교(오산고등학교. 숭의여고. 숭실대등........)등을 남한에 개교하여 교육의 장을 열고, 월남한 성직자(영락교회 한경직 목사 등........)들은 남한에 속속 기독교회를 세우고 장차 자유 민주주의 터전을 일구는데 앞장서니 참으로 전쟁의 역설(paradox)은 봉건 신민에서 이 나라를 장차 자유 민주주의와 시장경제 대국의 기틀이 될 것임이 틀림없으리라.

남한 인구의 70%는 농업을 위주로 하는 뿌리 깊은 촌락 중심의 전통적인 *농경 사회이며, 특히 호남, 김제 평야의 드넓고 비옥한 토지를 소유한 전통적인 수많은 지주와 양반들은 풍류와 예술을 즐기는 한

편 다양한 문화, 예술인을 배출시켜 이 땅의 문화, 예술의 성지가 되었다

*농경사회:agrarian society 10000년 전 holoceme(충적세) 신석기 지질 연대에 인류는 채집과 수렵에서 가축을 기르고 농업 경영으로 촌락을 이루니 이를 신석기 혁명이라 불리는 바 한반도에서도 *고조선 이후 촌락을 이루며 원시 봉건 사회를 이루고 조선 시대에서는 지주와 엄격한 농노의 계급으로 유지되었다.

기원 6,000년 전 고대 문명국가인 이집트 나일강 주변 비옥한 토지에서 생산되는 잉여 농산물에 의해 노예 제도가 발달되고 오랜 기간 파라오가 지배하는 농경 사회로, 이로 인해 각종 피라미드 같은 기념물을 쌓아 올리고 농경 비법이 주변으로 퍼지며 새로운 문명이 탄생하기도 하였다.

*고조선: 神市倍達國의 환인 환웅 단군으로 이어지는 한반도 요하 요서 요동 지방의 상고시대 우리의 선조 고조선.

반대로 식민시절 일본과 인접하여 교류 왕래가 잦았고 일본인들이 부산 왜관을 중심으로 상권을 형성하며 신문물이 이 땅에 소개되며, 6.25 전쟁 중 월남한 기업인들로 인해 남한이 일찍이 경험해 보지 못한 영세 공장들이 하나 둘 태동하여 점차 공업 도시로 변모하는 전환기를 맞는 씨앗이 태동되기 시작 하였다.

停戰(정전) 후 피난민과 모든 국민은 전쟁 발발 직전 토지 분배에 따라 받아 든 농경지로 귀향을 서둘러 가져 보지도, 생각지도 못한 새롭게 얻은 내 땅에 농사를 지을 희망으로 고향을 찾아 민심과 민생이 빠르게 정착되고 안정되어 가니 토지 개혁의 효과도 분명 있었으리라.
1953년 제3대 정부통령 직접선거 포스터가 곳곳에 붙기 시작하였

다. 자유당 이승만, 이기붕, 민주당 신익희, 장면 진보당 조봉암, 박기출의 정부통령 대결 투표다.

슬로건이 재미있다.

민주당 — 못 살겠다, 갈아 보자.

자유당 — 갈아 봤자, 별 수 없다.

많이 回咨(회자)되던 일화이기도 하다.

투표일 임박하여 유력한 신익희 후보가 急逝(급서)를 하니 이승만, 이기붕의 자유당이 70%의 압도적 지지를 얻었다.

또 하나 눈 여겨 볼 일은 유권자 960만 명, 기권자 54만 명, 무효표 186만 표, 20%가 넘는 무효표 발생은 분명 높은 문맹률에 기인 한 것이라 생각된다. 투표용지에 숫자가 아닌 막대기 기호 표식을 했는데도 이해가 되지 않는 문맹률을 한탄만 해야 하는가?

停戰(정전) 협정후 1954년 4월 24일 평소 이승만 대통령은 2,000만 국민의 높은 문맹율과 낙후된 국내 공업 기술 수준을 고민한 끝에 하와이 망명시절에 본인이 회장으로 있던 하와이 기독교민회관을 교민들과 협의하여 $150,000에 처분한 자금과 국내 독지가, 미국의 성금, 독일의 시설 도움으로 인천에 인하공대(仁荷)를 설립하여 교육 중흥의 기초를 닦기 시작했다. (1968년에 한진그룹으로 재단을 이관함. 인천의 '인' 하와이의 '하'를 조합하여 '仁荷'라 칭함)

또한 국민학교(초등학교)의 무상교육 실시로 1960년대에는 22%의 낮은 문맹률을 기록하는 기적이 시작되었다.

아침을 서둘러 먹고 시커먼 책보자기를 어깨에 메고 친구들이 왁자

지껄한 200m 거리의 학교를 간다. 거의 모두가 시커먼 검정으로 염색한 광목 팬티 반바지(일본식 표현: 사리마다)만 입고, 하나 같이 몽당연필과 교과서를 싼 보자기를 둘러메거나 들고 교실로 들어오니 교실엔 60-70여명이 끼어 앉아 선생님의 훈화와 공부를 한다.

2교시가 끝나고 오늘은 6.25 전쟁 때 한국군 수도 사단, 육군2사단과 북한군 2사단과의 치열한 전투가 벌어진 인근 해발 411m의 봉화산으로 전교생이 동원되어 전쟁 중 전사한 군인들의 시신과 유품 발굴 및 불발탄 수색과 탄피들을 수거하는 작업 명령이 동시에 하달되었다.

점심시간이 되어 우리는 길게 줄을 서서 유엔군과 미국이 제공하는 우유 빵과 우유 한 컵씩 배급 받아 맛있게 배를 채웠다.

하굣길에 신작로(新作路) 길섶에 처 박혀 있는 부서져 녹슨 탱크에 올라 군인이 된 양 멋지게 한 바탕 친구와 놀이를 하다 집에를 오다.

다음날은 운동장 조회 시간에 선생님이 연단에서 구호를 외친다. 모두 따라 한다. *반공방일反共防日!!!!!! 반공방일!!!!!

*반공방일: 당시 학교 제일 잘 보이는 곳에, 공공건물과 공장 등의 건물에 붉은 페인트로 반공방일을 반듯이 써 붙였다.

최근 모 대 기업 회장의 滅共(멸공) sns에 남다른 시선이 머물기도 한다.

*녹슨 탱크:1904년 오스트리아 회전 포탑을 장착한 장갑차량이 발전하여 1939년 2차 세계대전중 독일 기갑 부대가 탱크를 이용하여 유럽 전역을 점령하는 전과를 올림.

붉은 괴뢰 정권과 일본에 대한 성토의 훈시다.

2교시가 끝나자 오늘도 어김없이 명령이 하달된다.

신작로가 빗물에 많이 파괴되어 미호천(백사천)에서 자갈을 한 보자기, 한 책가방씩 수거하여 길옆에 쌓으라는 명령에 우리는 또 한 번의 재미있는 놀잇감을 찾았다.

또 다음날은 나무 한 포기 없는 봉화산에 *아카시아 묘목을 심는 명령이 하달되어 동원되었다.

힘든 하루가 또 지나가지만 오늘은 아주 운이 꽤 좋은 하루가 된 것 같다. 왜냐면 하교 길에 선생님이 점심에 배식하고 남은 미합중국이 제공한 분유 200L 짜리중 절반이나 남은 것을 집에 가져가란다.(종이 드럼에는 미합중국 국기 그리고 악수하는 그림이 인쇄되었음)

나는 분유 종이 드럼통을 동네 친구와 같이 굴려 집으로 가져 와 동네잔치를 하게 되었다.

*아카시아 나무: 콩과 나무로 미국이 원산지며 1890년대 일본인에 의해 한국에 유입되어 해방 후, 혹은 6.25전쟁 후 민둥산이 된 산야에 많이 심었다. 콩과 식물로 뿌리혹박테리아로 성장하는 것으로 처박한 민둥산에서 잘 자라며 땔감 등으로 요긴하게 사용되었으며, "동구 밖 과수원길 아카시아 꽃이 활짝 폈네 하아얀 꽃 이파리 눈송이처럼 날리네........." 노랫말 처럼 어릴 적 매우 친근한 향기 좋은 식물로 일본이 한국 산야를 망치기 위해 식재했다는 설은 맞지 않으며 열대 지방에서 자라는 "아까시"와는 다른 품종이다

*쌀: 쌀은 인류 문명사와 함께 지구인의 50%, 아시아 인구의 전체가 주식으로 쌀을 기본으로 식물성 에너지를 얻는다. 밀과 육식을 주식으로 하는 서양인과 인류 문명에서도 차이가 있듯, 인구 밀도가 높은 아시아(동양)에서는 똑같은 면적의 땅에서 목축보다는 10-20배의 높은 생산으로 인류를 지탱하게 만든다. 서양에서는 가축을 먹이는데 사용되는 땅이 동양에서는 사람을 먹이는데 사용된다는 뜻이다. 따라서 주식이 무엇인가에 따라 사회적 계급, 속한 문명, 문화가 성격이 달라짐이다. 인구가 팽창하면 할수록 식물성 쌀의 중요도는 점

점 가중된 것이다.

Holoceme의 신석기 시대에 인도 아쌈과 중국 윈난성에서 야생 벼를 이용하여 집단으로 농사를 짓는 농경 씨족 사회가 서서히 태동되며, 초기에는 粉食(분식)으로 떡이나 죽으로 가공하여 먹었으나 점차 立食(입식)으로 자리매김하며 한반도에서는 조선조에 전성기를 이루다.

쌀의 성분은 단백질, 지질 석회질로 구성되며, 단백질에는 글루텐린, 알부민, 그로불린 성분이며 지질에는 비타민 B1, B2, E와 니아신이며 쌀에 물을 넣고 가열하면 糊化(호화) 즉 알파화 되어 소화가 잘되고 맛이 있어 진다.

쌀의 종류로는 동남아시아의 Indica(인도형, 자바형)와 Japonica(일본형)종이 있다. Indica는 長粒種(장립종)으로 안남미(월남쌀)가 대표적으로 형태는 길쭉하고 찰기가 없는 것이 특징으로 식생시 손으로 집어 먹는 종류이며, Japonica는 短粒種(단립종)으로 짧고 계란 형태로 찰기가 있어 한국인 등 동북아시아에서 주식으로 삼고 숟가락 등을 이용해 식생한다.

한국에서는 인구의 폭증으로 만성적인 식량 부족 상태가 조선시대 이후 지속되어 오던 중 필리핀에 세워진 국제미작연구소(IRRI 1960년 설립))를 통해 Japonica 품종 통일벼(IR667)를 개발하여 병충해에 강하고 2배 이상 생산이 가능한 통일벼로 인해 보릿고개를 없애고 자급률 113%의 해마다 40만 톤의 넘쳐 나는 잉여 쌀의 처리를 위해 정부는 급기야 술과 떡 등 간식물을 개발하기에 이른 박정희 정부의 쾌거를 이뤄 최초로 쌀이 넘치는 세대이기도 하다..

특히 주목해야 할 통일벼의 개발은 필리핀의 도움으로 국제미작연구소의 초청 연구원으로 한국을 대표하는 육종학자이며 청주사범학교와 서울 농대의 충북 중원(충주) 출신의 허문희 박사에 의해 *원영종간 3원 교잡"이란 새로운 방식으로 1966년 성공하여 1972년 한국의 전역에 보급된 바로 녹색 혁명이었다. 현재는 농촌진흥청을 중심으로 해마다 맛 좋은 신 개발품을 계속 보급하여 맛이 다소 떨어지고 냉해에 약한 통일벼는 우리 민족의 배 고품을 해결하고 1992년 정부의 수매 중단과 *Uruguay Round의 쌀 수입 개방에 의해 역사의 뒤안길로 자취를 감추었다.

IRRI는 60,000여종의 개발된 종자(유전자)를 보관하며 유지하고 있는 매우 중요한 기관이며 한국국립식량과학원에서도 우리의 입맛에 맞는 기능성 300여 종의 신품종을 개발 보유하고 있다.

1960년대 정부는 식량난의 해결책으로 혼 분식 장려 운동을 시행하며 모든 가정, 도시락, 음식점, 식당 등에서 잡곡을 25% 혼합하여 시행토록 하였다.

현재 셜렁탕 등에 당류에는 빈듯이 국수가 침가 되는데 이 또힌 당시의 혼분식 습관이 연장된 것임을 알 수 있다.

성인의 쌀 소비량 1일 평균 5홉 (연간 136kg) 에서 현재는 2홉 (연간 52kg) 으로 줄고 밥그릇도 680ml에서 190ml로 줄어들어 쌀 소비 장려 정책을 펴야 할 지경에 이른다.

단백질인 전분의 amyloss는 다당류로 쇠사슬처럼 단단한 고리로 연결되어 열을 가하면 벌어진 틈새로 수분이 침투하여 우리가 먹을 수 있는 糊化(호화) 상태가 되고 식으면 다시 老化(노화) 상태가 되어 굳는다.

과거 주부들이 열광하던 일본의 코끼리 밥솥의 기압은 1.3pa이며 한국의 압력 밥솥의 기압은 1.9pa로 월등한 맛을 자랑하며, 이후 코끼리 밥솥이 자취를 감추었으며, 쌀밥의 맛을 더 내기 위해 쌀의 선택도 매우 중요하다.

일본의 아끼바레 쌀, 고시히까리 쌀을 최고 맛으로 치고 있지만 국내에서 이 품종들을 뛰어 넘는 품종으로 삼광, 운광, 고품, 해품, 예찬, 해들, 품종들이 시판되고 있고, 쌀 포장지 품질 표시에 혼합미보다는 단일미로 표시된 것이 더 우수하며 깨진 불완전 쌀 보다 완전미로, 전분 함량이 적을수록, 생산년도, 도정 일자가 봄여름엔 2주 가을 겨울엔 4주가 넘지 않아야 하고 가급적 시중의 소포장 제품으로 빠른 소비를 권장한다.

*원영종간 3원 교접: Indica종 TN1과 일본의 Japonica종인 유카라와 3원 교잡으로 탄생한 것이 IR667 통일벼이다.

*Uruguay round:1994년 관세 및 무역에 관한 일반 협정(GATT)에 의해 수입 쌀 시장이 개방 되었다.

*밀:*小麥(소맥). Wheat.벼 목과. 아프카니스탄이 원산지며 뿌리가 길어 척박한 토양에서도 잘 자라며 22종의 밀은 크게는 한국에서도 재배하는 보통계 밀 (T.aestivum)과 중앙아시아, 아프리카, 북미에서 재배하는 카로니 밀. 서양의 대부분은 육식과 함께 밀을 주식으로 삼고 있으며 품질에 따라 양조용과 빵, 스파케티 국수용으로 구분하여 사용되고 있다.

현재 밀의 주 생산지는 중국, 인도, 러시아, 미국, 캐나다, 프랑스, 우크라이너, 파키스탄, 독일, 터키 등이 주산지이다.

이처럼 밀이 전 세계 도처에서 생산되는 현상은 곧 유럽이 전 세계로 팽창하며 식민지를 늘리고 있다는 증거이기도 하다.

이렇듯 쌀과 밀이 주식으로 자리 잡아 자본주의 관점에서 크게 성공히면서 농민들의 노동력은 *프롤레타리아화 해 간다.

*프롤레타리아proletariat:생산 시설과 수단이 없는 자가 노동력을 파는 임금 노동자. 라틴어의 무산자 계급 proletarius에서 유래

*소맥은 밀을, 대맥은 보리를 지칭한다.

*분유powdered milk: 오지프 크리체프스키(러시아 의사)가 1802년 최초로 발명. 우유를 흰색 가루가 될 때까지 탈수와 건조를 시켜 오랫동안 보관하며 운송의 편의성도 있으며 종류로는 전지분유, 탈지분유, 강화 분유, 조제분유 등이 있다.

*설탕sugar.sucrose.sucre: BC500년 인도의 인더스 강변에서 최초로 만들어 각 지역으로 전파되어 열대지방의 재배 식물로 사탕수수, 사탕무 등에서 추출되는 무색, 물에 잘 녹는 포도당과 과당으로 이뤄진 탄소의 유기물로 비환원성 물질이다. 귀한 물질은 7-80년대에 빼 놓을 수 없는 우리의 중요한 명절 선물이기도 하였다.

*커피coffee: 6-7세기경 에디오피아의 커피나무(cherry)에서 열매(berry)를 따먹은 염소들이 흥분하여 날 뛰는 것을 보고 에디오피아의 kaldi 라는 목동에 의해 처음 발견되었고, 중동, 유럽, 인도 등으로 전파되어 오스만 터키, 네덜란드로 유입되어 전 세계적으로 확산이 되었다. kaldi 목동이 berry를 먹어보니 머리가 맑아지고 상쾌하여 이를 수도승에게 처음으로 알렸다고 한다.

다당류, 지질, 유기아미노산, 단백질, 무기질, 카페인 등의 성분으로 그 나무의 종류로는 아라비카(arabicas) 로부스타(robustas) 리베리카(libericas)종으로 3종이 90%를 차지한다. 1720년 경 부터 재배해온 Arabica종의 자메이카 불루마운틴(Jamaica blue mountain) 커피가 세계 최고의 황제 커피로 불린다.

주요 커피 메뉴로는 esopresso:곱게 간 원두가루에 뜨거운 물을 고압으로 통과 시켜 뽑아내어 작은 잔에 마시는 이탈리언의 정통 커피.

macchato:이태리어로 얼룩이라는 뜻으로 우유를 아주 조금 넣거나 우유 거품만을 얹는 커피.

fraffe: shake와 같은 뜻으로 얼음을 갈아 섞는 커피.

capuchino: 카톨릭 수도회 수도자들이 쓰던 희고 긴 모자의 형태에서 유래하고 esopresso에 충분한 우유 거품을 얹는 커피.

*Latte: Latte는 '우유'를 뜻하는 이태리어로 우유를 섞는 것을 말한다.

*chocolate: 멕시코가 원산지인 벽오동과 cacao(영어권) 혹은 cocoa 나무의 열매로 15-16세기 상류층에 의해 사용되었으나 1847경 영국에서 태블릿 초코릿이 판매 되면서 전 세계에 급속한 소비와 인기를 얻기 시작하다.

카카오 분말과 설탕의 혼합물로 단백질, 지질, 무기질의 영양가가 매우 높은 재료이다.

그럭저럭 집집이 어른들의 피나는 노동과 희생, 그리고 우리의 혈맹인 미국과 영국, 우방국, 호주 심지어는 필리핀 등의 우정 어린 구호물자(*쌀. *밀가루. *분유. *설탕. *커피 *초코릿 정말 많은 량의 헌 옷 등) 등으로 우리의 삶은 조금씩 나아지며 缺食(결식)율이 점차 줄고 있고, 90%를 넘는 문맹율도 점차 낮아지니, 국민들에게 찾아오는 것이 대한민국 정체성에 대한 물음과 이승만 정부의 1960년 3.15 부정 선거의 국민적 저항은 급기야 1960년 4.19 라는 현대사의 대 사건,대 변혁을 낳고야 말았다.

건국을 주도하여 나라의 기틀을 세우고 미국과의 방위조약을 체결하며 반공방일을 國是(국시)의 최우선으로 하는 이승만 정부는 붕괴되고 대통령은 하야하여 1965. 7월 화와이에서 여생을 마치게 되는 비극을 목도하게 되었다.

이승만 대통령의 미국 유학시절 국제통상, 국제정치 분야의 수많은 인맥은 이 나라 건국의 초석이 되었다.

유엔군 사령관 맥아더 원수와는 일찍이 교분이 있는 친구로서 한국이 위험에 처했을 때 가장 적극적으로 이승만을 도왔고, 이후 Acheson Line도 한국을 방어선에 포함시켜 "*한미상호방위조약"에까지 이르러 이는 미국이 단일국가와 맺은 미국의 최초, 최종의 협정으로 오늘날까지 유지되고 있기도 한다.

또한 미국 등 참으로 많은 각국 정부와 기관 사회단체들의 *원조가 공여하는 금액이 1950-1960년에 25억$에 달해 이승만 정부의 1년 국가 예산중 약 70%에 해당하며,

주둔군 8개 사단의 유엔군이 필요로 하는 한화 경비의 유엔 대여금 달러 불, 달러 직접 매각 불, 직간접 군원불 등 자금은 전후 복구 자금의 원천으로 하여, 이때 정부는 사회기반시설을 차근차근 하여 1960년 이후의 산업화에 밑거름이 되었다.

*1953년 8월 8일 한미상호방위조약(Mutual defence treaty between the ROK and the USA) 체결

본 조약은 군사, 경제, 정치, 사회, 문화 등 포괄적 동맹 조약으로 한미 중 어느 한 곳이 공격당하면 자동 개입하는 인계철선(Tripwire)으로 한국은 방위 부담에서 벗어나 경제 발전에 매진 할 수 있는 富國(부국)의 토대를 마련한 놀라운 기적의 조약이다. 이로서 미국은 미 육해공군을 한국에 주둔시킬 수 있는 법적 근거를 한미 양국에서 확보하였다.
후일 한국군의 월남 파병의 근거이기도 하였다.

*원조:원조기관 USOM, ECA, CRIK, UNKRA, UNCURK, ICA, PL 등의 원조 기관들

USOM:United states operations mission to korea 미경제 협조처: 한국지원과 전후 복구사업의 대표 기관

전쟁 전후 북한은 공업국가의 경제가 남한보다 우위에 있었고 한국의 경제는 세계에서 제일 꼴찌의(남한 국민소득 80$. 북한 250$) 나라며 산업이라야 기껏 *三白산업의 초라한 규모이며, 自嘲와 失望(자조와 실망)은 1960년대까지 무기력, 배고픔. 가난으로 점철되는 암울한 시대와 解放(해방)후, 戰後 좌우 이념 대립, 민주화의 열망은 급기야 1960년 4.19 라는 비극을 맞게 하고, 극도의 민주화 요구와 윤보선 대통령 정부와 장면 내각의 무능은 政情(정정)의 무질서로 마침내 1961년 5.16 혁명이라는 역동적인 제3 공화국을 맞게 되어 *새마을운동이란 시대적 굳건한 이념이 우리를 지배하며, 이 땅에 富國(부국)을 꿈꾸는 *박정희 대통령이 출현하게 되는 토양이 되었다.

*박정희 대통령:1961년 육군 소장으로 5.16혁명으로 1963년부터 제5, 6, 7, 8, 9대 대통령으로 집권기에 새마을운동, 고속도로 건설, 산림녹화, 식량 자급자족 등을 시행하고 중화학공업육성으로 중공업, 제철업 등의 산업화로 한국경제는 고도성장을 이루는 한강의 기적이 일어나는 대 변혁을 일으키며, 술과 노름 등의 게으른 국민들에게 잘 살아 보세라는 근로 의욕을 고취시키고, 오늘날 제일 가난한 국가에서 선진국으로 진입하는 세계에 유래가 없는 기적을 만들지만 유신 헌법으로 인한 갈등으로 1979.10. 26. 김재규에게 암살당하는 비극의 주인공이기도 하였다.

좌파 이념들이 횡횡하는 현재, 일제 강점기 만주군 때 소위 1년의 경력으로, 친일파로 매도당하는 수모도 겪고 있으나 진정 이 나라의 빈곤을 해결한 위대한 부국 대통령임을 잊지 말아야 될 것이다.

*삼백산업:三白산업이란, 제당, 제분, 면방을 일컬음.

*새마을 운동: 1970. 4. 22일 박정희 대통령 제창으로 근면, 자조, 협동(同)의 국민운동을 시작하여 지역사회 개발, 지역사회 활동 및 학습을 전개하여 농어촌 마을의 초가집 개조, 마을길 개조, 쓰레기 제거 및 환경정리, 농어촌에서 술과 노름, 게으름을 단절시키며, 국민들을 근면하도록, 스스로 일하도록, 공동

체의 일원이 되어 빈곤 타파의 범국민 생활 개조 운동... 아침 6시면 어김없이 동네 확성기가 마을 청소 시간을 알리면 주민들은 각자 빗자루를 갖고 나와 온 마을을 청소하기도 하다.

이 보다 먼저 1948년 미국에서 시작된 4H (Head. heart. hand. health) 운동도 활발히 전개 되었다.

구호: 잘 살아보세. 우리도 잘 살아 보세.
추후 중국과 아프리카 등에서도 이 모델을 도입하여 시행하였음.

흙먼지를 날리며 미군용 트럭이 新作路(신작로)를 달리고, 장난기 많은 소년 친구들은 'Give me chocolate'를 소리 지르며 차를 쫓아가니 미군들이 한 보따리 과자를 투척하고 내닫는다.

인근 봉화산 옆의 레이더 기지 주둔 미군 병사들이었을 것으로 국민학교도 가끔 방문하여 시선을 주기도 하였다.

오늘밤 근처 성당에 미국에서 보내온 구호물품 헌 옷가지(실제는 세탁, 수선을 함)와 몇 개의 학용품을 나눠 주고 난생 처음 공짜 영화 Quovadis를 볼 수도 있었다.

이에 앞서 소련은 1957. 10. 3일 Sputnik-1호 인공위성을 인류 최초 대기권 밖으로 발사하는 기염을 보이자 당시 34대 미국 *Eisenhower 대통령(1953-1961)은 국민들로부터 비판도 있었지만 사회 모든 부문에서 개혁은 무리없이 이루어지고 있었고, 최고의 인기를 구가하는 5성 장군 아이젠하워 대통령은 델러스 국무장관이 사망하며 직접 외교를 챙기며 그해 *NASA를 창설하여 우주 개발을 시작 하였고, *IAEA를 창설 하니 실로 이 시기부터 美蘇(미소) 군비의 경쟁과 우주

개척의 무한 경쟁의 시대가 도래 하기 시작하다.

*NASA: National aeronautics and space administration미국항공우주국

*Eisenhower대통령: 2차 대전 중 유럽연합군 최고사령관 원수. 34대 대통령으로 매카시 법에 의해 정부 내 공산주의자들을 제거하며 외교 역량을 넓혀 국민들로 부터 사랑을 받음.

*IAEA:International Atomic Energy Agency(국제원자력기구)

NPT:Nuclear Non-Proliferation(핵확산금지조약)

4막. 성장기(成長期) - 살기 위한 몸부림

1963. 11. 22.일 댈러스에서 유세하던 35대 대통령 케네디가 암살되며, 존슨 부통령이 제36대 대통령에 취임하는 등 미소 간 전후 냉전이 깊어지는 형국에 2차 대전 패전국 일본은 한국의 6.25를 거치면서 후방의 *병참 사업과 미국의 전폭적인 지원으로 경제력은 빠르게 치유되었다.

1962년 김종필과 오히라 일본 외상 사이의 memo에 대한 "한일 기본 조약과 재산 *청구권에 대한 문제 해결과 경제 협력에 관한 협정"이 1965. 6. 22. 조인되었다.(무상 3억$, 차관 2억$, 민간 상업 차관 1억$)

> *일본의 병참 산업: 2차 대전 후 미 극동군 사령부가 일본에 주둔하며 전후 복구 사업을 진행 중 6.25 동란이 발발하자 미군과 유엔군은 지리적으로 가장 가까운 일본에서 전쟁 수행에 필요한 각종 물자를 조달함으로써 전후 일본의 경제는 급속도로 고도의 성장을 하게 된다.
>
> *대일 청구권: 식민지하의 국내의 일본 재산권은 포기하고 한국에 무상, 유상으로 자금을 공여하고 10년간 용역과 이에 준하는 상품을 공여하는 기본조약 체결.

1961년 정부는 독일의 3000만$의 차관 교섭단으로 백영훈(생존: 한국산업개발연구원: 김제 출신: 9, 10대 국회의원) 박사를 독일에 파견하여, 광부와 간호사 송출 조건으로 그 임금을 담보로 상업차관을 성공 시킨다.

독일은 세계2차 대전 이후 미국의 당시 국무장관 마셜이 전쟁으로 피폐해진 유럽을 재건하고자 유럽부흥계획(European recovery program)인 *Marshall plan을 1947년 발표하여 영국, 프랑스, 이태리, 서독, 네덜란드 등 16개 국가에 130억$를 무상으로 지원하여 빠른 국가 재건을 통해 공산주의 정권의 확산을 저지하며 경제 성장을 이끌어 선진국으로 진입 시켰다. 이런 과정을 통해 서독은 … 1963년 "라인강의 기적"이라는 놀라운 경제 성장으로 노동력 부족 사태와, 미국의 요청으로 약속한 전후 한국 재건 계획에 의해 한국의 근로자들을 1963-80년 사이 광부 7,900명, 간호사 10,500명을 송출하게 되는데 이는 국내의 실업자 대책과 외화 획득이라는 두 마리 토끼를 잡는 계기가 되었다.

이듬해 1964. 12. 13일 가난한 나라 대통령은 독일 정부의 에르하르트 총리의 주선으로 독일을 방문하여 차관 도입 여부와 고도성장을 이루고 있는 산업 현장 시찰과 아우토반 고속도로를 눈여겨 둘러보고, 파독 광부와 간호사들을 눈물로 상봉을 하며, 독일 국비 유학생 김재관 박사를 만나게 되어 "한국의 철강공업육성방안"의 논문을 받아 쥔 대통령은 감격하니 이것이 이 나라 "한강의 기적"의 밑거름 일 줄이야. 대통령은 감격하여 김재관의 잡은 손을 놓지 못하였으니 그야말로 운명적인 만남이 틀림없으리라.

이듬해 1965년7월 미국의 과학 사절단(단장: 호닉 박사: 미 존슨 대통령 과학자문관)이 내한하여 한국의 실정을 조사하여 미 36대 대통령 존슨에게 자세히 실상을 보고하고, 박정희 대통령은 "한국과학기술연구소" 설립 의지를 보임으로 기획원 장기영 장관과 USOM 버스틴 처장과 연구소 설립에 관한 협정을 체결하여 한미 정부의 공동 설립으로 설립자는 박정희로 하여 대통령의 강한 의지를 내외에 천명하며 1966년 2월 2일 꿈에 그리던 *한국과학기술연구소(KIST)가 한미 양국 정상이 낙점한 금속공학의 최형섭 박사를 초대 소장에 임명을 하게 되어 *KAIST, 대덕연구단지로 계속 이어지는 공업 입국의 설계를 시작하다.

해외 유치 1호 과학자 김재관 박사는 (유치 과학자 18명은 : 미국) 3년후 대통령의 부름으로 독일에서 귀국하여

KIST의 중화학공업육성정책의 청사진

포항종합제철소의 건립 제안과 청사진

자동차의 산업과 고유 모델 육성의 청사진

조선소의 건립 방안 등

가히 중화학공업입국(*철강. *화학. 비철금속. 기계. 전자. 조선. 자동차)의 밑그림을 완벽하게 그리며 KIST 창립 멤버, 상공부 중공업 차관보와 표준과학연구소(KS) 소장을 역임하며 국내 모든 것의 표준을 제정하고, 특히 후일 1978년 일본 표준시에서 韓國(한국) 標準時(표준시)로 확립하는 등 드디어 "한강의 기적"은 모든 분야에서 일사천리로 진행되었다.

*KIST:korea institute of science and technology한국과학기술연구원
기초과학기술 개발을 하는 국책 연구기관

*철강iron & steel鐵鋼(철강):주철과 강철을 이르는 말로, 탄소의 함량 0.035~1.7%인 철은 처리에 따라 성질은 크게 변화한다.

독일의 지겔란트 지방에서 용광로가 발명되어 철광석을 용융상태로 하여 코크스(석탄의 일종)제철법으로 선철을 대량 생산을 하게 이르러 1710년대 영국에서 금속공업, 기계 공업이 더욱 발달하게 되었다.

1784년 석탄을 이용하는 퍼들러(반사로)를 발명하여 선철을 연철로 가공하는 데 성공하고 마침네 1855년 헨리 베서머의 취정 제강법이 개발되어 연철에서 강철로 바뀌는 새로운 철강의 역사가 된다.

*화학chemistry:물질의 조성, 구조, 성질, 변화, 제법, 응용 등을 연구하는 학문이며 물리화학, 무기화학, 유기 화학, 분석 화학, 생화학, 분자 화학 등으로 학문 범위가 광대하다.

*Marshall plan: 1947년6월 전후 황폐화된 유럽의 재건과 부흥을 위해 130억 $ 달러 규모의 특별 원조 계획이다. 이 계획으로 16개국이 유럽경제협력기구를 형성하고 몇 년 후 30~40%의 고도 성장을 이루어 오늘날 선진국의 초석이 되었다.

한강의 기적은 세계에서 제일 꼴찌의 나라 국정 최고 책임자 대통령의 열망이 가득 찬 국난 위기 극복 정신과 愛民主義(애민주의), 과학자들의 치밀한 청사진 속에, 열정적이고 모험적인 기업인들의 도전과 모험이 이루어 내는 대 서사시의 장엄한 기적이 눈앞에 펼쳐지는 것이리라.

대한민국의 강력한 국운에는 월남 파병을 잊을 수가 없다. 미국이 치르고 있는 베트남 전쟁에 한미안보동맹의 당사국인 대한민국은 1966. 3. 4일 주한 미국 대사 브라운대사와 정부 간 체결한 ""브라운 각서"로 박정희 대통령의 베트남 및 세계 공산화 저지 의지와 파병 대가로 얻게 되는

1. 수출 진흥을 위한 기술 원조
2. 한국군의 부기 현대화
3. 한국의 방위 태세 강화
4. 파병 장병의 처우
5. 베트남 물자 및 용역 지원
6. 차관 제공 등

실로 10억 달러 이상의 막대한 외화 획득의 또 하나의 기적을 이루는 매우 강력하고 경천동지할 사건이었다.

한국군은 4월에 1개 연대, 7월에 1개 사단 등 채명신 중장을 사령관으로 파병하기 시작하여 맹호, 청룡, 백마, 백구부대 등 1개 군단 전력(연 전투병: 320,000명)이 전투에 임해 귀신 잡는 해병이라는 애칭도 받았으나 5,000여 명 전사, 11,000여명의 부상, 귀국 후 고엽제의 후유증이 발생하기도 하였다.

한편 1971. 8월 닉슨 대통령은 월남전의 막대한 전비 마련과 프랑스 등 서방국의 달러에 대한 신용 의심으로 금이 대량 인출되는 사태를 맞게 되자 金本位制(금본위제) 체재를 해체하고 프린트 머니 시대를 열게 된다.

온 산야는 나무 한 그루 없는 황폐한 산들이 아카시아 나무를 중심으로 파랗게 변하는 듯 하나 곧 나무 땔감으로 베어지며 도무지 녹색으로 변할 줄 모르자 성부는 *석탄으로 만든 조개탄과 십구공탄(무연탄)을 개발하여 보급하면서 식목일을 제정하여 식목을 독려하고 면사무소 산림 계원에게 準사법권을 주어 단속하기에 이른다.

*브라운 각서:1966년3월 한국군 월남 파병에 따른 미국 정부의 한국에 대한 조치 사항을 문서로서 당시 미 대사 브라운에 의해 공식화한 문서.

*석탄Coal; 탄소(C)가 주성분이며 고생대 석탄기에 매우 큰 지각 변동으로 지상에 번성 했던 식물과 동물이 묻혀 퇴적층이 만들어 지고 높은 압력으로 탄소만 남아 탄화된 것이 석탄임.

청구권 자금을 손에 쥔 박정희 대통령은 경부고속도로와 포항제철의 꿈을 키우나 정적들(김대중. 김영삼 등) 대부분은 이에 반대하며 연일 규탄과 데모를 하였으나, 정부는 1968년 서울-인천 고속도로를 끝내고, 경부고속도로(1968.2.1.-1970.7.7. 416km)를 착공하고, 포항종합제철소(1968. 4. 1.)를 포항 영일만에 착공하는 우리 국가의 미래를 위한 역사적인 중화학공업입국의 시작을 알리는 대 사건이리라.

경부고속도로 건설에 김영삼, 김대중을 비롯한 특정지역 및 진보와 야당의 정치인들은 공사장에 누워 공사를 못하게 하는 등 그 반대는 극에 달하여 국민 분열 양상을 띠고 있으나,
한편 국가의 경제적, 문화적 시선으로는,
조선 말기와 식민지 시절 일본과 가까워 물품 교류를 해온 부산, 대형 화물선의 정박 시설 등, 영남 지역의 특성은 국제적 교류가 많아 호남보다 생산 시설이 더 존재하며, 6.25의 피난민 전시 경제로 인해 부산에서 대구 구미지역까지 소비재를 중심으로 경공업 생산 시설이 산재하고 있어, 농경사회를 이루던 호남보다는 영남지역의 고속도로

가 합리적이고 국가 대계를 위해 불가피한 점을 박정희 대통령은 간파하고 있었으리라.

1968년 박정희 대통령은 박태준으로 하여금 포항종합제철소를 착공하게 함으로서 소비재 경공업에서 중화학공업으로 국가의 새로운 Agenda를 마련하여 공업 입국의 교두보를 마련하는데 성공하였다.

몇 해 전 서울로 유학하여 금호동 판자촌으로 자리를 잡고 등하교 길의 대한제국 시절 설치한 *전차에 몸을 맡기며 근대 유산인 전차 차장, *버스(HDH버스) 차장의 오라잇 스톱 소리를 들으며 일금 1원50전의 요금을 내며 신나게 서울 한 복판을 질주한다.

> *전차(electronic trail car):고종황제에 의해 1898년에 미국인 Collbran. Bostwick이 청량리에서 서대문까지 최초로 설치하여 1969년까지 운행함.
>
> * 근대 지하철(sub-way)은 1974년 1호선(서부역−종로−청량리 구간)이 개통됨.
>
> *버스 Bus: HDH하동환자동차제작소. 50−60년대 미군이 버린 군용트럭을 개조하여 국내 70%이상이 운행 되었으며, 최초로 66년 부루나이. 베트남. 리비아에 수출하던 쌍용자동차의 전신.

이즈음 우리는 참으로 먹을거리가 귀해 결식이 다반사로 배를 움츠리는 동안 일본의 모모후쿠라가 1958년 라면을 최초로 개발하여 전후 미국이 원조하는 밀가루로 일본인들의 배고픔을 해결하기 시작하여, 특허가 없었던 라면은 국내에 1963년 최초로 도입, 개발되어 시판하기 시작하여 우리 서민들의 간단한 救恤(구휼) 식품이 되었는바, 이는 당시 정부의 *혼분식 장려운동과 함께 전 국민이 선호하는 간편식이 되어 *한봉지 10원(당시 백반 30원)은 나의 주식이 되고 말았다.

> *라면ramen:젖은 국수를 기름에 튀기면 수분이 빠져 나간 구멍에 기름 스며
> 들어 국수가 부드러워 지는 것에 착안.
> *혼분식 장려 운동: 쌀 이야기에서 상세 설명

주말에 나는 판자촌 산 아래 *공중 수돗가에서 물 두 지게를 집으로 배달시키고 모처럼 서울 시내 나들이를 떠난다.
서울의 명물인 1960-70년대 우리나라의 역동성이 가장 잘 집약된 청계천 길거리 상가, 세운상가를 천천히 구경하며 이곳에서 로켓트, 잠수함도 만들 수 있다는 신기한 새로운 문물들을 접해 본 다음 한국의 *마천루라 하는 관철동의 *삼일빌딩(당시 방문은 관광 상품으로도 운영됨)에 다 달아 로비에 들어서니 가희 내 눈은 놀라움 그 자체였다.

나는 두리번거리며 *엘리베이터라는 신문명에 몸을 실고 빠르게 힘들이지 않고 하늘을 향해 날아올라 꼭대기 층으로 이동해 전망대에 들어섰다. 남쪽으로는 남산과 *장충단이, 북쪽으로는 인왕산 북악산과 경복궁 청와대, 서쪽으로는 남대문 서울역 만리동 판자촌, 동쪽으로는 동대문과 청계천 판자촌들이 밀집된 전경이 시야에 들어오며, 판자촌 모습이 마치 거대한 지네(蟹)의 모습 같아 보이는 전후의 슬픈 상흔의 흔적은 곧 있을 1967년 한국 최초의 *"구로동 수출산업단지" 건설과 수출 역군의 무한한 노동력을 제공할 것이란 시대적 부름의 현장이기도 하다.

실향민, 피난민들이 만리동 고개를 따라, 청계천을 따라 수없는 게 딱지 판자 집을 지어 서민들이 하루하루 먹고 사는 전쟁을 치르며, *서울역의 지게꾼, 손수레 운반꾼, 건설 현장의 노역 등을 제공하던 중 구로수출산업단지 조성으로 대다수 판자촌 주민들의 새로운 110,000여 명이 일자리에 충원되어 수출 산업 역군이 탄생된 현장이기도 하였고 농업과 노동이 아닌 제조업의 신 직업군으로 먹고 사는 문제 해결의 도화선이 되기도 하였다.

최근 2010년대에는 제3, 4차 첨단 산업의 생태계 변화로 구로동 수출 산업단지는 한국디지털단지로 이름이 바뀌며 40-50,000여 명의 디지털 첨단 인력들이 그 지위를 이어 받고 있기도 하다. 그리고 인근 종로 2가의 *화신백화점에도 들려 신문물의 화려한 상품들도 구경하였다.

*공중 수돗가:당시 상하수도가 설치가 되지 않아 마을 공중 수도가에서 한 지게당 @5원 수돗물을 사서 사용함.

*시발택시:1955년 생산. 6.25후 미군들이 사용하다 폐기한 짚차와 트럭을 폐 드럼통 등을 이용해 만든 최초의 승용형 자동차

*세운상가:1966-68년도 건설한 최초의 주상 복합 건물로 서울의 새로운 집단 주거 건물의 효시가 됨. 종로의 종묘 앞에서 퇴계로에 이르는 1km의 건축물로 세운, 현대, 청계, 대림, 삼풍, 풍전, 신성, 진양상가의 최대 복합물임. 건축가 김수근의 작품. 현재는 재개발의 위기.

*삼일빌딩:1968-70년에 종로 관철동에 건축된 국내 최초 최고의 31층 114m 오피스 빌딩.

*마천루 摩天樓 Skyscraper:1880 미국의 4, 5층 이상 백화점 건축물들, 1930년 뉴욕의 랜드 마크인 엠파이어 스테이트 빌딩 101층, 443m가 대표적임.

*엘리베이터 Elivator:Hoist 1853년 미국의 발명가 OTIS가 최초로 발명하고, 1852년 자동차. 열차의 제동장치 발명, 1857년 빵 굽는 oven도 발명

*장충단. 장충공원: 서울 남산의 동북쪽에 위치한 아름다운 계곡으로 1895년 장충동에 을미사변으로 희생된 장졸들의 제사를 위해 설립된 祠堂(사당) 및 공원으로 청계천의 수표교를 이전 설치해 놓았다.

*장충체육관:1963년 국내 최초 현대식 돔 원형 경기장.

*구로동 수출산업단지:1964년 60만평의 국내 최초 수출 전용 산업단지. 약 110,000여 명의 근로자들이 수출의 최전선에서 종사하며, 70년대 들어 차츰 중공업 단지로 변모하며 정부의 중화학공업 정책과 함께 전성기를 맞았지만 80년대 대우 어패럴 공장의 동맹 파업으로 4만여 명 까지 줄어드는 쇠퇴기를 거쳐 최근엔 출판 영상 방송 등 정보기술 산업으로 재편되었다.

*화신백화점:1932년 鮮－印刷地物(선일인쇄지물). 조선비행기공업주식회사 사장 박흥식이 창업하여 종로2가에 국내 최대 최초로 6층 3,000평의 건물로 근대적인 백화점의 효시이며 평양과 진남포 지점을 거느리기도 하였다. 해방 후 창업주 박흥식은 1949년 반민족행위 처벌법 1호 구금 후 석방.

*서울역: 고종은 미국인 Morse에게 경인 부설권을 허가하였지만 자금난으로 일본 정부의 철도회사가 인수하여 완공한 서울 제물포간의 경인선.

1899년 경인선, 1905년 경부선, 1906년 경의선, 1914년 호남선 개통.

최초 서대문역에서-남대문 역-경성 역-서울역으로 이름이 차례로 바뀌며 시간과 공간을 좁히는 우리 근대사에 대량 생산과 대량 소비의 원천이 되는 시발역이자 종착역이 된 것이다.

주말 동안 서울 門 안의 다채로운 새로운 문명을 접하면서 나는 장차 무슨 꿈을 꾸어야 할까? 참으로 머리가 어수선한 날이기도 하였지만 당분간 이런 시간들이 많아지기를 기대해 본다.

전후 60-70년대의 한국의 역동성은 *새마을 운동을 기폭제로 모든

국민이 이제는 가난에서 벗어나야겠다는 신앙과 같은 신념과 월남인들의 개화 및 역동적인 경제 활동에 영향을 받아 모든 것이 국내 최초 최고가 되는 금자탑의 시절이리라.

HDH버스는 지금의 철공소만한 크기의 공장에서 근로자들이 하루 종일 드럼통을 가공하여 2대 정도를 생산하고, 그 시절 수출까지 하는 모습은 경이롭기까지 하다.

일찍이 화신백화점에는 엘리베이터가 설치되었는데, 근대의 이 편리한 설비는 장차 이 나라와 세계의 현대 문명을 혁신하는 촉매가 되니 가히 혁명적인 인류의 쾌거이다.

한국은 원래 온 국민이 영위하는 전통적인 농업경제사회라 소단위의 마을이 전국에 걸쳐 산재하고 있어 제조생산 인력 수급 자체가 힘든 구조이며 지적, 문화적 활동 역시 농경문화를 중심으로 이루어지고 있었다.

그렇지만 Otis가 발명한 엘리베이터야 말로 사람들을 최소 면적에 동원하여 보다 빠르게 생산할 수 있고 보다 많은 사람들에게 최소의 공간에서 주거와 교육과 연구에 몰두 할 수 있게 하는 거대한 현대 도시의 勞動(노동), 智的集合體(지적집합체)가 가능 하도록 하는 인류 문화적 쾌거의 진보 효과라 할 수 있다.

그러므로 현대에 이르러 각종 반도체, 전자, 자동차, 선박, 철강, 식품, 연구소등 수없는 산업들이 대량 생산 체제를 갖출 수 있었으며, Conveyor 또한 똑 같은 경우임은 말 할 것도 없다.

오늘날 대도시를 중심으로 어디랄 것도 없이 고층 아파트가 대 다수의 국민들이 주거하는 대표 공간으로 이 또한 엘리베이터가 없다면 가능하겠는가? 어느덧 엘리베이터가 도시를 점점 공룡처럼 확대 시키며 새로운 문명을 만들어 가고 있는 것이다.

나는 퇴근하여 아파트 엘리베이터를 타면 Otis 라는 로고가 항상 고맙기만 하고 敬畏(경외)롭기까지 하다.

나의 일상에서 고전음악과 독서를 빼고는 거의 할 일이 없을 정도로 매료되어 있다. 전후 미군부대에서 흘러나온 *LP 원판들을 구하러 충무로 달라 골목, 세운상가를 가면 미제건 국산이건 군용품이건 도대체 없는 것이 없는 그야말로 신천지 같은 곳이라,

장당 4-500원의 중고 LP 원판 2장을(새 것은 1,200원. 당시 환율 $5 정도) 그리고 화신백화점에서 처음 나온 취사용 나쇼날 *석유곤로를 2,300원에 구매하고 신나서 휘파람을 불기도 하였다.

*LP 판:Long play record 1948년 미국 컬럼비아 레코드사가 개발한 아나로그 음원 저장 장치 (지름 30cm. 12 inch) *SP판

*석유곤로: 일본식 이름으로 석유를 에너지로 하여 가열하는 조리, 난방기구임.

정부는 1962-1966년 제1차 경제개발 5개년계획을 수립하여 경공업의 수입 대체 산업 육성의 야심찬 계획을 수립하고,

1967-1972년 제2차 경제개발 5개년 계획을 수립하여 철강 · 조선 · 기계공업 · 석유산업 등 중화학공업육성을 하여 수출 진흥을 통한 공업화 매진 한 결과 1-2차 기간 중 수출 40% 증가라는 새로운 기적이 이루어지며, 이 기간 1968. 12월 대통령은 국민과 국가의 일체감을

통해 민족의 주체성 확립, 민주 복지 국가를 건설한다는, 국민들의 의식을 변화시키는 "*국민교육헌장"을 공포하니 각계 모든 국민은 이에 동화되는 또 다른 기적으로 당시 대만의 장개석 총통과 독일 교육부의 자료 제공 요청을 받는 등 부러움과 찬사를 받았지만, 그 후 고도성장 후 찾아오는 진보적인 민주화 열풍에 한 시대의 국민 계몽의 국민교육헌장은 1994년 김영삼 정부에서 폐기되기도 하였다.

1969년 식량 자급자족의 원조인 *통일벼의 신품종 개발은 헐벗고 배 고품을 해결하는 민족의 구원 투수가 되며, 오늘날 정부 곡간에 비축미가 넘치는 기적이 마련되었다.

또 하나 새로운 기적을 만들어 내는 국민 빈곤 타파 운동의 일환으로 1970. 4. 22일 박정희 대통령은 "*새마을 운동"을 제창하여 그 운동 본부장을 직접 맡아 국민운동을 직접 지휘하니 모든 국민이 "잘 살아 보세. 우리도 잘 살아 보세"의 구호 아래 하나가 되는 기적의 성과를 이루어 내다.

*통일벼: 육종학자 허문희(서울 농대 교수)가 필리핀의 국제미작연구소(IRRI) 초청 연구원으로 파견 되면서 IR667 통일벼를 개발하다.(22 PAGE참고)

*국민 교육 헌장 전문
　우리는 민족중흥의 역사적 사명을 띠고 이땅에 태어났다.
　조상의 빛나는 얼을 오늘에 되살려, 안으로는 자주 독립의
　지세를 확립하고, 밖으로 인류 공영에 이바지 할 때다.
　이에 우리의 나아갈 바를 밝혀 교육의 지표로 삼는다.
　성실한 마음과 튼튼한 봄으로, 학문과 기술을 배우고
　익히며, 타고난 저마다의 소질을 계발하고, 우리의 처지를
　약진의 발판으로 삼아, 창조의 힘과 개척의 정신을 기른다.

공익과 질서를 앞세우며 능률과 실질을 숭상하고,
경애와 신의에 뿌리박은 상부상조의 전통을 이어받아,
명랑하고 따듯한 협동 정신을 북돋운다.
우리의 창의와 협력의 바탕으로 나라가 발전하며,
나라의 융성이 나의 발전임을 깨달아, 자유와 권리에 따르는
책임과 의무를 다하여, 스스로 국가 건설에 참여하고
봉사하는 국민정신을 드높인다.
반공 민주 정신에 투철한 애국 에족이 우리의 삶의 길이며,
자유세계의 이상을 실현하는 기반이다.
길이 후손에 물려줄 영광된 통일 조국의 앞날을 내다보며,
신념과 긍지를 지닌 근면한 국민으로서, 민족의 슬기를
모아 줄기찬 노력으로, 새 역사를 창조하자.

1968년 12월 5일
대통령 박 정 희

*국민 교육 헌장 제정의 목적

국민 교육의 장기적이고 건전한 방향의 정립과 시민 사회의 건전한 윤리 및
가치관의 확립을 위해 교육장전을 제정 할 것을 문교부에 지시.

*새마을운동 : 1970년 박정희 대통령은 시도지사 회의에서 "근면, 자주, 협동"
정신으로 빈곤 퇴치와 지역 사회 개발을 목적으로 새마을 운동을 제창하다.

1967년대 새마을 운동의 주요 과제는 생활환경 개선, 소득 증대, 의식 개혁운
동이었다.

생활환경 개선으로는 농촌 마을길 확장, 가옥의 지붕 담장 부엌 주택의 개량,
공동 시설물, 상수도 설치, 마을 회관 건립 등.......

소득 증대로는 농로 개설, 소하천 정비, 농지 정리, 공동 작업장 운영, 품앗이
장려, 종자 개량, 특용 작물 재배, 도농 교류, 공장의 생산성 향상 등.....

의식 개혁은 학생 농민 직장인 농부 등 모든 구성원의 새마을 교육 실시, 근검
절약, 퇴폐 일소 등......

2000년대에 새마을 운동은 UN의 비정부기구(NGO)에 가입되어

2003년에 필리핀, 콩고, 몽골, 러시아. 중국, 베트남, 아프카니스탄, 우간다, 미얀마 등 아시아 아프리카의 저개발국과 사회주의국가에 새마을 운동이 부급되고.

2009-2019년 약 70개국 3,500명의 새마을 지도자 양성을 실시, 19개국 60개의 시범마을 조성 사업을 지원 하였다.

2013년 새마을 기록물이 유네스코 세계기록유산으로 등재되기도 하였다.

2016년 세계의 새마을 운동 네트워크 SGL(새마을운동 글러벌 리그)이 창립되고 이후 생명살림, 평화나눔, 공경문화, 지구촌공동체운동으로 과제를 전환하였다.
* 출처 : 두산백과

1972-1976년 제3차 경제개발개년계획 또한 중화학공업에 국력을 다하며 수출 진흥에 매진하던 중 1973년 제4차 *중동전쟁과 *제1차 OIL파동이 중동에서 터지며 이는 대한민국의 새로운 불루 오션이 탄생하는 대 사건이 발생하므로, "기회는 열정으로 준비하고 갈망하는 자의 것"이라는 격언이 바로 이 사건이리라.

사우디아라비아 등 중동 국가들은 OIL 파동으로 오일 머니가 폭증하여 쌓이니 그동안 낙후되었던 기반 시설에 앞 다투어 투자를 하기에 이르니, 1960년대 경제 개발 수행 과정과 베트남 파병시절 복구 건설 작업을 통한 기술력, 숙련된 노동력의 공급, 고소득의 기회가 생긴 근로자들, 중화학공업 추진을 위한 자원 조달, 해외 건설 수출 촉진을 위한 정부의 정책 지원 등의 여러 요소들이, 이 모두가 중동의 붐이 시작되는 기적의 충분조건들 이었으리라.

이 시기에 정부는 수출 진흥을 위해 국내에서 전통적으로 사용하는 척관법, 파운드법 등을 국제통상거래에 일치되는 *C.G.S 단위로 통일하였다.

1973년 중동 사우디의 2,400만$ 고속도로를 시작으로

1974년	8,800만$
1975년	7억5,000만$
1976년	24억$
1977년	34억$
1978년	80억$

의 건설 외화 획득으로 GNP 13%의 고도성장을 이루는 기적의 제3차 경제개발기간이라 하겠다.

*제4차 중동전쟁; 중동에서는 1967년부터 끊임없이 전쟁이 있어 왔고. 이집트의 나세르 대통령은 쉼 없이 전력을 증강 하였고 아랍 게릴라들은 1969년 파괴 활동을 격화 시키고, 1970년 9월 요르단에서는 평화를 반대하는 게릴라와 정부군의 내전이 있었다. 1970.9.28.일 나세르가 급서하고 사다트가 취임하며, 1973.10.16.일 이스라엘을 소련제 미사일과 로켓으로 선제공격하여 개전조 승리 하였으나 시리아군이 패퇴하여 전선은 고착되어 유엔 안보리는 즉시 정전을 요구하여 중동평화 회의가 개최되고 유엔 평화유지군이 파견되었다.

이 전쟁 중에 OPEC(석유수출기구)은 석유 생산 제한과 수출을 금지 시키며 오일 쇼크를 일으켜 세계 경제는 큰 타격을 입게 되니 이것이 *1차오일 파동 이다.

*1차오일 파동: 제 4차 중동 전쟁 중 OPEC은 17%의 원유가 인상과 이스라엘이 점령지(시나이 반도)에서 철수하고 팔레스타인의 권리가 회복 될 때까지 매월 5%씩 생산량을 감축한다.

*C.G.S.단위: cm. gram. second로 정하고 자, 척, 홉, 되, 롱톤, 숏톤, 파운드, 온스 등 척관법, 파운드법을 폐지

1977—1981년 4차 경제개발 5개년계획 중 중화화학공업의 고도화

를 이루다. 정부는 시장의 투명한 거래와 세제 개발을 위해 77년 7월 최초로 부가가치세 제도를 도입하기에 이른다.

대한민국은 1961년 4,000만$ 수출에서 1977. 11. 30일 드디어 100억$ 수출을 달성하니 일본에 이어 아시아의 두 번째로 수출 대국으로의 우뚝 서는 기염을 토한 것이다.

초기에 가발, 신발, 와이셔츠, 종이 앨범 등 보잘 것 없는 수출 품목이 점차 철강. 선박, 전자, 자동차, 석유 화학 제품 등 중화학 공업 제품들이 오대양 육 대륙을 거침없이 달리며 수출 입국으로서 근대 산업 국가의 기반을 다지게 되었다.

1979년 제2차 OIL파동이 터지지만 5차 개발계획 기간 중 경상 수지가 흑자로 전환되며 6차 개발계획 기간의 1988년 올림픽이 개최되는 등, 이후로도 1996년까지 제7차 경제개발5개년국가 경제의 안정과 사회 안정을 도모하는 계기로 수립하고 1996. 12월 정부는 *OECD 클럽의 회원국이 되지만 1년 후 1997년 곧 들이 닥칠 *IMF 외환위기로 이 나라는 또 한 번의 절체절명의 위기에 서다.

---

*OECD: Organization for economic co-operation and development
경제협력개발기구::40여 개국이 가입되어 있으며 정치제도의 투명성과 법체계의 완성도, 잠재 발전력, 사회 보장 제도의 유무 등에 따라 가입되는 것으로 선진국을 칭하는 것은 아니다.

*IMF외환위기 換亂(환란):한국의 외환위기 이전에 "George soros"라는 헝거리계 미국인에 대해 언급 해보자.

50여년을 퀀텀 펀드를 운영해온 투자가이자 금융인은 세계 도처에서 환 투기를 하며 부를 거머쥐는 국제 투자가이자 금융인이다.

환율에 비해 실제 화폐 가치가 부풀려져 있고, 그 나라 경제가 취약한 경우 환

투기의 대상이 된다. 1992년 소로스는 영란 은행에서 거액의 파운드화를 빌려 이를 시장에 매각 후 달러를 매입하기를 반복적으로 하여 파운드 가치를 폭락 시켜 영국의 금융, 경제를 파괴 시키며 막대한 이익을 만들었고,

1996년 이후 두 차례에 걸쳐 태국 바트화를 공격하였으나 실패하고 1997년 세 번째 공격으로 승리를 하였다. 차례로 인도네시아에서도 성공하고 말레시아에서는 링깃화를 정부가 선제적으로 금리를 인상시켜 빌려주지를 않았으며 대만과 홍콩은 금리를 49.5%를 올리고 홍콩은 100%까지 올림으로 방어 할 수 있었지만 그 와중에 국민들과 기업들은 줄도산의 피폐한 아픔으로 남았다.

그럼 한국의 경우 김영삼 정부와 김대중과 1997년 대통령 선거를 치르는 격전의 국내 정치 상황은 혼란과, 클린턴과 김영삼의 불협화음, 밥상머리를 고치겠다는 김영삼의 대일 정책, 김영삼의 외환 자유화와 해외여행 자유화 등 선심 정책이 만성적인 무역 수지 적자의 김영삼 정부의 국제 정치, 국제 금융의 무감각에 편승하여 외환 보유고는 점차 바닥을 들어내고 있었다.

후에 리만 사태의 이명박 정부처럼 미국, 일본, 캐나다 등의 통화 스와프도 체결되지 못한 시기에 외환 보유고는 바닥이 나고 설상가상으로 거의 무이자인 일본 돈을 약200억$를 빌려 동남아등에 이자 장사를 하던 한국의 단자회사(단기금융회사)가 외환위기를 맞은 동남아에서 자금을 회수 하지 못한 투기적 스프레드 거래는 실패하며 한국은행의 보증 채무로 일본에 갚아야 할 지경이다.

김대중 대통령은 취임 후 제일 먼저 접견 인사가 조지 소로스이며 각별한 예우를 하였으나 실제 소로스는 한국을 공격하기에는 경제 규모가 커 포기 한 걸로 전해지지만 정부는 소로스의 계략이라고도 생각 한 것 같다.

외환위기는 1990년에 되면서 각 국가별 자본이동이 완화되면서 투기성 자본의 급격한 유출입으로 시장의 환율과 수익률이 급격히 변동되는 현상으로 한국의 경우 1997.11월에 투기 외화 자본이 급격히 유출되면서 달러 표시 원화의 환율이 급격히 상승하게 되어 국제 결제 통화인 달러가 품귀해지며 외환위기가 다가 왔다. 자본 이동의 규제 완화의 부작용으로 단기 투기자본(hot money)의 급격한 유출입은 국제 수지를 교란 시키며 무역업체나 금융기관에 불확실성과 위험을 증가시키며 실물 경제에도 위기를 가져 왔다.

1997. 11. 20일 정부는 외환을 방어 하지 못하고 결국은 IMF에 구제 금융을 요청하며 온 나라는 아비규환의 패닉 상태가 되어 금리는 순식간에 30%가 되고 환율은 2천원이 넘어 끝을 모르고 은행은 문을 닫고 마비되며, 증권거래소

도 임시 폐창을 하는 등, 말 그대로 국가 경제 활동이 일시 멈춤으로 대우그룹, 국제그룹, 우성, 쌍방울, 한보 등이 전복되며 은행들의 합종여횡으로 주변에 그 흔하던 은행들이 하나 둘 역사 속으로 사라지며 셀 수 없는 기업들이 차례로 도산하는 참혹한 광경을 목격 하였습니다.

온 나라 국민들의 장롱에 감춰둔 금 모으기 운동이 전개되는 유래를 찾아 볼 수 없는 광경 또한 생생히 떠 올려 진다..

*IMF:international monetary fund는 1944년 브레트 우즈협정에 의해 1946.3월 IBRD(세계부흥개빌은행)와 같이 업무를 개시한 국제금융기구이다.

이렇듯 70년대의 초고도 성장은 오늘날 국민소득 $30,000불, 세계 10위권의 무역, 선진국 진입 등 경제 대국을 이루는 초석임에는 틀림없지만,

이 기간 중 국제 정세는 베트남이 토지개혁에 실패하고, 부패와 내부 스파이들(陣地戰)에 의해 무너지며 티우가 대만으로 탈출하고 그 직후 1975. 4. 28일 취임한 두옹 반 민 정부가 무너지며 호치민의 승리로 1975. 4. 30일 패망하며 전비 1,390억불, 미군 60,000명 한국군 5,000명의 전사자를 낸 베트남 전쟁은 파리 평화협정으로 종전을 하게 되며 전쟁 중 공산세력을 저지하기 위한 미국의 막대한 재정은 고갈되기에 이르니 당시 37대 닉슨 미국 대통령(아이젠하워 정부의 부통령 8년 재임) 1968년 취임 후 1971.8.15.일 닉슨 독트린을 선언하며 "*브레튼우즈" 체제를 뒤엎는 金本位制(금본위제) 화폐체재를 정지시키며 새로운 화폐 질서로 인쇄용 종이 화폐를 발행하여 군비를 원활히 조달하고 재정에 할력을 가하며 *金兌換(금태환)을 정지시키는 닉슨 업적 중 최고라 할 수 있는 정책을 실현하다.

*브레튼우즈 Bretton woods;전 세계이 역사를 뒤엎고 현재이 자본주이 체제를 있게 한 브레튼우주의 시작은 미국 3선 대통령 프랭클린 D. 루즈벨트의 이 한마디로 부터 시작된다.

"세계2차 대전이 끝 난후 세계가 어떤 모습을 갖춰야 하는지에 대한 논의를 하고 싶다....."

1944. 7. 1. 미국 뉴햄프셔 주 브레튼 우주에 있는 스키 휴양지 마운틴 워싱톤 호텔에 44개국의 동맹국과 이들의 식민국가에서 730명의 대표단이 파견되었다. 전쟁 후 세계가 맞을 운명을 결정하기 위해 금융인. 정치인. 경제학자. 정부 각료 등 유명 인사들의 총 출동이었다.

이 회의를 준비해온 미국의 Harry dexter white(미 재무부 고위 관료이며 소련의 간첩)와 영국의 John maynard keynes(수정자본주의 경제학자)가 제시한 의제 검토를 시작하고 3주에 걸쳐 다자간 협의를 한 뒤 the world bank(세계은행). the international monetary fund(IMF국제통화 기금), the international bank for reconstruction and development(IBRD국제부흥개발은행)을 설립하는데 합의하고 전쟁으로 황폐된 유럽을 재건하고 자유 무역이 지배하는 세계경제의 기틀을 마련하였다.

참석한 모든 이는 듣기만하고 정세만 파악하러 왔음에도 이 놀라운 결과에 반신반의 하는 심정인바, 당시 유럽의 모든 전선은 미국 군인들이 진두지휘하며 미국의 군사력과 온갖 무기 장비들 심지어는 연료마저 미국의 것으로 수행하며 적국(독일. 일본. 이탈리아)의 전투병보다 2배 이상 많은 대규모 병력이었다.

회의에 참석한 대표단에겐 미국이 단순한 지원군이 아니라 전쟁의 주체인 것이다.

이제까지 국제적인 경제 질서는 존재치 않았고 유럽국가가 지배하는 식민 경제 체제만 존재 했을 뿐이다.

참석자들 모두는 새로운 질서는 전 세계의 GDP 25%와 전 세계 해군력의 합한 것보다 더 많은 것을 보유한 미국의 의도에 따라 질서가 재편됨은 의심의 여지가 없었다. 그럼에도 미국 대표단은 모두에게 정중하고 깍듯하게 모든 국가에 미국시장을 개방 하겠다고 선언을 하다. 그렇다고 관세나 할당량이나 규제등도 할 계획이 없다고 일방적으로 밝혀 참석자들을 침묵에 빠트리기에 충분했다.

이듬해부터 미국의 거대 시장은 어떤 거래이든 이떤 경우이면 해상 로를 보호하고 유럽의 생산 물자인 각종기계, 소비재, 자동차등 닥치는 대로 사주어 단숨에 유럽 경제를 정상화 시킨다.

80년이 지난 지금도 GDP나 국방력, 시장 규모 역시 PAX America를 유지하는데 아무 이상이 없다.

한편 브레튼 우즈 체제는 국제통화제도의 기능인 유동성 공급과 국제수지 조정 시스템을 금본위제도와 고정 환율 제도로 해결하고자 다음과 같이 시행한다.

1. 금 본위제: 미국이 세계은행 국으로서 각국은 달러를 대외 준비자산으로 보유하고 미국은 타국의 달러 보유에 대해 금 태환을 보장한다.

2. 고정환율제: 원칙적으로 각국의 현물거래는 평가의 1%마진 범위 내에서만 조정 가능하고, 불균형에 처해진 경우는 IMF와 협의 후 평가 할 수 있다.

   고정 환률제에 의해 금 1 oz에 35달러를 적용해 태환을 보장한다.

*금본위제: 미국 중앙은행(연준)이 금 8,000톤을 보유하고, 1oz에 35달러를 연계하여 교환하는 금 태환(교환) 협정.

이 무렵 1972년 박정희 대통령은 지속적인 경제개발 욕구를 충족 시켜야 하며, 1968. 1. 21일 청와대를 공격하는 *김신조 사건이 발생하는 등 남북분단의 현실과, 급변하는 세계정세(1972년 미국 닉슨 대통령 최초로 중국을 방문), 닉슨 독트린으로 세계정세가 급변하고 1973년 제2차 석유 파동이 예상되는 등 세계 경제 불황을 대비해야하는 정부는 1972년 7. 4 남북공동 선언과 급속한 경제개발에 의해 고도성장을 구가하던 한국경제는 1970년대 들어 많은 기업이 차입금 등 사채에 시달리며 부도 시테에 이르니 1972. 8. 3일 "경제의 안정과 성장에 관한 긴급 명령 *8.3 긴급 경제 조치"를 명령하여 모든 기업의 사채를 동결하여 안정을 꾀하는 등, 급변하는 국내외 정세의 궁극적인 해결책에는 미흡하다 판단된 정부는 초헌법적 헌정 중단을 시키는 비상계엄을 선포하고 1972. 10. 17, 10월 유신헌법을 통과시키며 장기 집권의 발판을 마련하게 된다.

이에 야당과 시민단체들이 거세게 항의하며 정국은 또 한 차례 소용돌이 혼돈의 시기를 맞게 된다.

남북 체제의 경쟁은 한국이 중화화공업국가로의 변신으로 인해 부국강병에 성공하였지만, 이로 인한 유신헌법은 정치권으로부터의 행정권의 효율성을 강조한 나머지 1979년 부마사태와 10.26이라는 비극으로 마침내 유신이 무너지고 위대한 지도자의 종말을 맞게 된다.

*김신조 사건:1968.1.21.김일성은 박정희 대통령을 제거하기 위해 31명의 무장 군인을 남파 시켰으나 30명이 사살되고 유일한 생존자 김신조의 이름을 붙여 김신조 사건이라 한나.

*8. 3긴급경제조치:1972년 정부는 제도권 금융을 잠식하고 있는 지하 금융(사채)을 제도권 금융으로 활성화 시켜 과도한 사채로 인해 연쇄 도산에 직면한 기업의 상황을 벗어나게 소생시킬 특단의 대책으로 긴급명령을 발동하였다.

이로 인해 모든 기업이 의무적으로 신고한 사채는 당시 통화량의 80% 달하는 3,456억에 이르며, 30만원 미만은 즉시 상환하며 그 이상은 금액별로 거치 기간을 두고 분할 상환하게 되니 기업들은 위기를 모면하게 되며 지하금융(사채)은 제도권으로 편입되는 중요한 사건임에도 후세는 반 시장적 관치 금융이라 혹평하지만, 8.3 조치의 순기능은 대 기업(그룹)을 탄생시켜 국가 경제, 고용 촉진 등 경제 전반에 미친 효과는 오늘날 경제 입국을 이루는 모멘텀이 되는 성장 그 자체였기도 하였다.

60-70년대 국가의 역동성에 의해 고도성장을 이루어 가난과 궁핍에서 벗어난 우리는 80년대 들어 경제의 자유화, 정치의 민주화, 국가의 세계화 등으로 인한 자본, 외환의 자유화, 개방화 및 여행의 자유화, 사회 민심의 정치 민주화의 극심한 요구, 귀족 노조 및 전교조등의 대립으로 점철되는 모든 분야의 새로운 가치관으로 새로운 시련과 위기가 엄습 해오며, 이웃 국가 일본은 *"플라자 합의"에 의해 20여 년간 국가의 침몰이 목도됨을 우리는 알고 있다.

*플라자합의 Plaza accord:1980년대 미국의 인플레이션을 해결하기 위해 고금리 정책을 편 결과 달러 강세가 지속되어, 만성적인 경상수지 적자를 환율을 통해 해결하고자 1985.9.22. 미. 영. 불. 독일의 재무장관이 뉴욕의 플라자 호텔에서 미국의 경기 침체를 막기 위해 엔화 65.7% 마르크 57%의 절상을, 미국의 개입에 의해 절상 하게 되니 일본은 수출 경쟁력을 상실 하게 되고 국내 경제는 불황의 늪에 빠지게 되어 잃어버린 20년의 경제 침체의 늪에 빠지게 된다. 이 결과 엔화는 당시 달러당 240엔이 100% 상승하여 120엔이 되고, 미국 달러를 30% 하락시켜 미국은 세계경제에서 경쟁력을 회복하고 1990년대에 신경제 현상으로 고성장을 지속 할 수 있었다.

나는 1984년 1월 근무하던 회사에 사직을 하고 즉시 새로운 회사를 창업하여 현재에 이르기도 하였고,

1989년 베를린 장벽이 무너지고 90년 이후 *소련 연방의 붕괴, IMF 외환위기 등을 거쳐 21세기를 맞아 광우병, 촛불 사태, 미선이 촛불, 대통령 탄핵 촛불 사태 등 집단적 광기는 우리가 원하든 원치 않든 "*대중민주주의"는 눈앞에 와 있고, 시장 경제를 주축으로 한 자유 민주주의는 이념의 충돌점인 "*neo marxism 사회주의"로 바르게 빠져 드는 이 나라의 모습을 보며 미래를 지극히 주시할 수밖에 없는

처지가 된 것이 안타까울 뿐이다.

또한 *IS테러 공격으로 뉴욕 한복판이 쑥대밭이 되는 참상과 20년이 지난 오늘날 미국이 아프카니스탄에서 *철군하는 국제 정세며, 대만과 인도지나 해역에서 중국과 자유민주주의 국가가 충돌 직전의 상태로, 유럽에서는 러시아가 제일 넓은 영토를 가진 우크라이너를 침공하는 등이 국제 정세를 요동치게 한다.

대한민국의 대단한 경이로운 역동성과 넘치는 에너지와 격변하는 한국과 세계정세의 근 현대사는 1970년대까지의 자유민주주의와 자본주의의 물질 문명적 사색으로 마치고, 그 이후의 현대사는 후대의 새로운 가치관으로 조명해야 하며, 4대강 사건, 탄핵 사건, 이후 문 정권에 이르는 현재의 사건 사고들에 대해서는 그 전개되는 내용들이 두렵고 화가 나며 안타깝기도 하여 도저히 다룰 수 없는, 그로 인한 결과를 나는 알 수 없고 다만 과거의 유사한 역사의 경험 법치에서만 이해 될 수 있으며, 달려온 세월은 어느덧 70년을 넘어 또 다른 問啓(문계)가 목전에 있으니 이제는 또 다른 이야기를 시작해야 할 것 같다.

*소련연방 붕괴:proletariat 혁명 이론이 마르크스와 엥겔스에 의해 완성된 공산당 선언, 계급 지배를 타파하고 노동자 계급으로 국가를 건설한다는 것으로 피의 혁명을 거쳐 1917년 레닌이 이를 실시하여 동유럽 , 중국, 쿠바, 베트남 등으로 급속히 전파 되었으나 스탈린을 거치면서 모순이 심하게 발생되자 1985년 서기장 고르바초프에 의해 개혁(perestroika)이 실시되었으나 무위로 끝나고 1991년 소련 연방이 붕괴 되면서 공산주의의 실험은 실패 하고, 자유민주주의의 대표적인 이념인 자본주의가 승리하는 자유 진영의 축배가 울리다.

*대중민주주의:Mass society dictatorship:우연한 혹은 불특정 군중 속에서 불불이 있던 주민 덩어리 집단이 특징한 역사적, 정치적 계기를 통해 단일한 집단적 정체성, 의지를 지닌 집합적 군중으로 바뀌었을 때 대중이 탄생되어 현대 산업 자본주의와 대중 민주주의 극단적 대립으로 과거 독일을 비롯한 동유럽의 급격한 몰락의 원인이기 도한 반 민주주의적인 체제.

"다수의 의견이란 분별력 없는 많은 사람들의 의견에 불과하다." BC399 Socrates

*사회주의Socialism:산업 혁명 후 자유방임적 시장 경제의 대척점에서 자본과 토지 등 생산 수단이 공유화되어 사회 구성원의 이익을 위해 구체적이고 조직적으로 활동 목표를 정한다. 마르크스와 엥겔스는 자본주의에서 공산주의로 가는 과정에 불가피하게 존재하는 것이 과도적 사회주의라고 보고 있다.

*IS테러(Islamic state).탈레반(Taliban).뉴욕의 911테러. 아프카니스탄 철군.

*IS: 풍부한 인력, 자금력, 군수품으로 무장한 급진 수니파 무장 단체.

*Taliban: 1994년 가난한 탈레반(신학생)들의 개인 기숙사인 Madrasa 학생들을 중심으로 남부지방 칸다하르에서 결성된 수니파 무장 단체.

*Al-Qaeda:사우디 출신의 Osama bin laden이 이끄는 과격 이슬람 테러 단체

1953.3월 스탈린의 사망 후 후루시쵸프에 의한 서방과의 "평화공존"의 데탕트(detente)는 사실상 종말을 고하고, 카터의 군비 재정비 프로그램이 레이건에게 이양 되면서 미.소 군비 확장 경쟁이 촉발 되었다.

1979년 한국에서의 불행한 국가 원수 시해 사건, 이란의 팔레비 왕조 붕괴 사건을 겪는 동안 소련은 1979.12월 당 서기장 브레즈네프와 그 측근들에 의해 아프카니스탄을 침공하게 되며,

미국은 베트남에서의 패배와 같은 실패를 소련에게 선사하기 위해 아프카니스탄에서 이슬람의 반국가 단체인 "무자헤딘(지형을 이용한 게릴라 무장 단체)"를 본격 지원하게 되니 소련은 10년간 5만 명의 희생자를 내고 1989.2월에 철수를 하게 된다.

1991년 소련 연방이 해체 되며, 5-6천m의 힌두쿠시 산맥과, 2천m 이상의 파미르 고원지가 75%인 아프카니스탄에는 군벌이 탄생되어 관할지역 통과시 통행세를 징수하게 되니, 이에 반발하여 남부 칸다하르를 중심으로 자경단

탈레반이 활동하니 인구 3800만 명 중 주력 인종 1500만 명의 파슈툰 족과 접경지 파키스탄의 파슈툰 인구 4천만 명이 지원 세력이 되어 1996년까지 오랜 내전에 시달려 왔다.

무자헤딘은 새로 수립된 나지블라 정부군과 내전을 벌여 1992년 수도 카불을 함락하여 무자헤딘 이슬람 정부를 탄생시켰다. 정권을 잡은 뒤 내분이 극심해 여기에 반발한 탈레반이 1996년 수도 카불을 빼앗고, 무지헤딘은 다시 무장 게릴라 조직이 되다.

1996년부터 탈레반 정부는 알카에다의 활동과 은둔을 지원 해오며, 2001.9.11.일 알카에다 조직에 의한 뉴욕에서 항공기 테러가 발생하고 이를 지원한 탈레반이 계속 아프카니스탄을 장악하고 있자 미국은 또다시 무자헤딘을 지원하기에 이르며, 이해 11월 카불을 재점령하여 탈레반을 몰아내다.

미국은 911테러 후 아프카니스탄을 침공하여 탈레반 정권을 축출하고 알카에다를 제거하기 위해 20년의 전쟁을 수행 했으나 제압하지 못하고 많은 인적, 물적 피해를 입고 탈레반의 카불 재입성이 임박하자 2021.8.31.일 911 발생 후 20년 만에 바이든은 철군을 단행하며 많은 난민이 발생 하였다.

*아프카니스탄: 파키스탄의 주력 인종인 파슈툰 족을 페르시아어로 Afgan과, 땅을 의미하는 stan과의 합성어로 afganistan이라 국호를 정함,

*이란:1979년 이란 혁명으로 팔레비 왕조가 붕괴되고 대통령제 민주주의를 가미한 신정국가로 모든 권력이 Ayatolla(최고의 성직자) 하메네이(Khamenei)가 장악한다.

*Neo marxism: 자본주의 사회에서 나타나는 하부 구조의 경제적 문제만을 다루는 초기 마르크시즘에서 이탈리아 공산주의자 Gramsi에 의해 상부 구조인 사회 정치 이론을 다루며 비이성적 문화와 인간 소외를 다룬 신 마르크시즘의 토대를 만들었다.

연대기(본문 중 사건 연대기)

1914. 07. 28.	제1차 세계대전 (1918. 11. 11. 종전)
1917. 02.	러시아 볼세비키 혁명(피의 혁명)
1937. 07. 07.	러일 전쟁 발발
1939. 09. 01.	제2차 세계대전 (1945. 08. 15. 종전)
1944. 06. 06.	노르망디 상륙 작전
1945. 08. 06.	히로시마 원폭 투하
08. 15.	일본 항복. 한국 독립
08. 16.	건국준비위원회 정치범 석방
09. 02.	종전 협정
10. 16.	이승만 박사 귀국
10. 23.	독립 촉성회 발족
1946. 02.	북한 토지 개혁
10.	북한 임시 정부 수립
1947. 03.	트르만 독트린
1948. 04. 03.	제주 무장 봉기
05. 10.	5.10 선거
07. 17.	제헌 헌법 공포
1949. 12. 10.	중국 장개석 정부 대만으로 후퇴
1950. 03. 10.	남한의 농지 개혁
06. 25.	한국동란 발발
06. 27.	맥아더 전선 시찰

	09. 15.	인천 상륙 작전
	09. 28.	서울 수복
	11.	중공군의 인해 전술 참전
	12. 09.	흥남 철수 작전
1953.	01. 13.	스탈린 사망
	07. 27.	정전 협정
	08. 08.	한미상호방위조약 체결
1954.		Nylon 상륙
	04. 24.	인하공대 설립
1957.	10. 03.	소련 Spunik-1 위성 발사
1960.	03. 15.	3.15부정선거 발생
	04. 19.	4.19의거 발생
1961.	05. 16.	5.16군사혁명 발생
1963.	11. 22.	미 케네디 대통령 피살
	12. 16.	독일에 광부, 간호사 송출
1964.	12. 13.	박정희 대통령 독일 방문
1965.	06. 22.	한일기본조약 체결(1962. 11. 21. 김종필-오호히라 메모)
1965.	07.	미국 과학 사절단 내한
1966.	02. 02.	Kist 설립
	03. 04.	브라운 각서 체결(파병 및 원조에 관한 협정)
	04.	월남 파병 시작
1967.	04.	구로공단 공사 개시
1968.	12. 27.	서울-인천고속도로 개통

1968.	02. 01.	경부고속도로 착공(완공 1970. 07. 07.)
	04. 01.	포항종합제철소 착공
	12. 05.	국민교육헌장 제정
1970.	04. 22.	새마을운동 제창
1974.	08. 15.	서울 지하철 1호선 개통
1979.	02. 01.	이란 팔레비 왕조 붕괴
	10. 26	박정희 대통령 시해
	12.	소련 아프칸 침공
1985.		고르비 perestroika
1989.	11. 09.	베르린 장벽 철거
1991.	12. 31.	소련 붕괴
2001.	09. 11.	뉴욕 테러
2021.	08. 31.	미군 아프칸 철수

제**2**부

지정학과 패권
giopolitics

1막. 세계의 지정학

1776년 미국은 독립 이래 일본의 진주만 공격 외에는 외국군의 군화가 발을 들여 놓은 적이 없는 말 그대로 철옹성으로 250년을 자유민주주의와 시장경제를 통한 막강한 권력을 누려 왔다.

같은 해 아담스미스의 國富論(국부론)과, 제임스 왓트의 개량형 증기 기관은 넓은 미국 신대륙에 마음껏 적용하는 계기로 시장경제의 폭발성을 유지하기에 충분했다.

한국 국토(100천km²)의 약 100배에 달하는 미국 국토(9,834천km²)는 비옥하고, 각종 물자를 실은 선박이 운항할 수 있는 강 수로와 호수는 세계의 모든 것을 합한 것보다 긴 *25,000km에 이르는 엄청난 물길은 내륙 모든 곳에 각종 산업이 태동할 수 있는 여건을 갖추었고, 수로의 운송망은 남북전쟁 후부터 세계 최대의 소비 시장을 만들며, G7의 시장을 합한 소비 시장보다 크며 중서부의 광활한 평원의 세계 최대의 비옥한 토지는 대두, 밀, 옥수수 등 농산물의 세계 최대의 곡창지로서, 그 자체만으로도 최대의 초강대국으로 올려놓는다.

> *미국의 5대호의 물만으로도 세계 물의 20%인 22조억 톤이며 한국은 농경지(논)를 상공업용지의 개발과 함께 점차 줄어 담수력이 떨어지고, 중앙에 태백 산맥으로 부터 해안과의 거리가 짧아 겨우 4대강을 포함하여 142억 톤으로 남아공, 사우디, 에디오피아, 멕시코등과 함께 대표적인 물 부족 국가이다.
>
> (*상기 본문중 일부 Peter zeihan의 The accidental superpower 인용 부분)

또한 적국인 공산주의 본거인 중국과 러시아(소련)는 멀리 위치하고 대서양에서의 최전선이 영국 땅이며, 유럽연합의 대부분은 NATO가 관할하는 동맹의 영토이며, 태평양 최전선은 일본과 한국, 북쪽으로는 영원한 동반자 캐나다, 남쪽으로는 사막과 경제 동맹의 멕시코가 위치하여 적국이 없는 완벽한 지정학적 우월성을 갖추기도 하였다.

고립된 아주 작은 사회주의 국가 쿠바가 있긴 하지만 질 나쁜 원유를 정제하기 위해선 미국 멕시코 만의 미국의 정유 시설을 이용해야 미국에 판매가 가능하지만, 미국의 셰일 석유의 등장으로 시장은 더욱 좁아져 친미 국가로의 전환이 절실한 형편이다,

또한 수로와 대양으로 둘러싸인 미국의 해군력은 다른 모든 국가의 합보다 월등히 우세하니 가희 PAX 아메리카로의 면모가 당당하다.

2022. 2월 러시아가 우크라이너를 침공하는 전쟁이 발발되었다. 1991년 소련연방이 해체 되고, 독립되면서 우크라이너는 유럽에 편입되길 원하지만 러시아는 서방(NATO)과의 지정학적 완충지대의 이점이 사라지는 것에 대한 강한 반발을 하고 있는 것이다.

사실 동유럽은 러시아 동쪽에서 우랄산맥을 넘으면 거칠 것 없이 본토에서 서쪽으로 핀란드와 발틱 3국의 대평원과 서남쪽으로 우크라이너와 루마니아 벨라루시 폴란드의 대평원이 이어지며 장애물이 없는 유럽 최대의 밀과 *감자의 곡창지대이기도 하다.

우크라이너의 국토(603천Km²)는 한국의 6배 인구는 45백만 명으로 러시아 다음으로 유럽에서 큰 나라이지만 미국, 영국, 러시아가 안전을 보장하는 부다페스트 협정으로 1991년 소련 연방 해체와 함께 독

립 당시 핵전력 3위로 보유한 핵탄두 2,800여개 전술 핵미사일 800
여기 전부를 러시아에 보내는 우를 범해 힘의 균형을 잃고 말았다.

> *감자potato:인류의 대표적인 구황 작물로 3000년전 안데스가 원산지이
> 며 온대 지방에서 잘 자라는 가지과의 식물로 성분으로는 수분75%, 녹말
> 13-20%, 단백질. 무기질. 환원당, 비타민c, 로 이루어져 있고, 씨눈 주위에
> solanine의 독성이 있어 주의를 해야 하고 이를 방지키 위해 감자 10kg 정도
> 에 Ethylene이 발생되는 사과 한 개를 같이 두면 예방이 된다.
>
> 감자는 소주나 보드카의 원료이기도 하고 제주 방언으로 지슬이라 고도 한다.
>
> 1845년 아일랜드의 구황 작물 감자는 생육에 따라 3년간 대규모의 기아가 발
> 생되어 대략 백만 명이 죽고, 백만 명이 신대륙으로 이민이 촉진되기도 하였
> 다.

이번 사태에서 보듯이 한국이 처해 있는 지정학적 역시 방심하면 추
락의 나락으로 갈 수밖에 없는 처지이리라.

미국 카터의 안보 보좌관인 Brrezinsky가 1988년 Game plan 저서
에서 "지정학적 5개 중추 국"이라는 새로운 개념의 중추 국을 분류한
것에 주목하지 않을 수 없다.

5개 지정학적 중추 국이란 핀란드, 폴란드, 중앙아시아, 동남아시아,
한국을 말하며 이 중추 국들은 하나 같이 공산주의 정권과 맞닿아 있
어 전쟁의 위험이 상존한다는 뜻이다.

핀란드와 스웨덴은 중립국의 지위를 갖고 러시아와는 1,340km의
국경선으로 중립적 완충지대로 러시아와 실용적 정치 · 경제의 유대
관계를 맺고 있으나 중립국에서 벗어나려는 움직임이 있으며, 최근

우크라이너는 러시아의 반대에도 국민들은 NATO의 집단 안보체제에 편입되기를 희망하며 헌법까지 개정하였다.

우랄산맥 서쪽으로 거칠 것 없는 대평원은 유럽 대륙의 자본주의가 러시아로 전파되는 공산주의식 체제에 치명적인 위협을 가한다는 측면과, 과거 프랑스가 러시아를 침공하기도 한 침략 예방적 안보관이 러시아의 끝없는 유럽에서의 패권 다툼으로 위성국가를 거느린 소련 연방 시절로 회귀 본능을 자극하고 있다.

친 러시아 국가인 벨라루시와 발틱 작은 *3국과 국경을 맞대고 있는 폴란드는 유럽연합 국가이며 NATO 국가이기도 하지만 러시아와 마주한 지정학적 중추 국이기도 하다.

중앙아시아 스탄 각국들도 별 다르지 않게 소련과 중국을 마주한 우크라이너와 비슷한 경계의 영토를 갖고 있으며 동남아시아도 거대한 중국과 국경을 마주한 국가들로 끊임없는 중국 공산당에 맞서야 하는 운명이기도 하다.

*발틱 3국: 발트해 연안국인 에스토니아. 라트비아. 리투아니아

2차 대전 이후 미국과 소련은 필사적으로 군비 경쟁을 하며 자유 민주주의와 공산주의의 맞대결은 美蘇(미소)의 초강대국을 1990년 까지 유지하며 세기말을 맞았으나 소련의 해체로 공산주의 이념은 철 지난 낡은 체재로 전락되며 소련후의 러시아는 보통의 국가로 (경

제력이나 사회 전반의 상태는 한국보다 아래. 군사력은 막강) 과거 30여 년 전의 강대한 세계 패권국가의 번모를 꿈꾸며, 회귀하려는 시도가 2022. 2월의 우크라이너 사태의 본질임을 우리는 알고 있지만, 한편으로는 러시아의 1917년 붉은 피의 혁명 이후 스탈린 시대에 *Holodomor라는 대기근에 연루한 참혹한 희대의 사건도 한 몫했으리라.

중국은 등소평 이후 과감한 개방 정책에 따라 부분적 시장 경제 체제를 받아들이고 닉슨 이후 미국과의 밀월 관계를 유지하며 미국의 거대한 시장에 접근하면서 경제력을 확보한 중국이 러시아를 제치고 *G2(?) 라는 자리를 꿰찬 지금, 미국과의 새로운 패권 다툼의 새로운 냉전으로 장차 제3차 대전의 먹구름이 한반도는 물론 전 세계에 드리워져 그 앞을 예측키 어려운 지경이다.

*G2 : 미국에 맞서는 소련연방을 견제하기 위해 닉슨, 키신저는 중국과의 외교 관계를 맺으며 각종 혜택으로 미국의 거대 소비 시장과 서방의 대규모 중국 투자를 접근 할 수 있도록 조치한 결과 세계의 공장으로 자리매김 하며 중국의 교역량은 이미 미국을 뛰어 넘어 스스로를 G2라 칭하며 미국에 도전하고 있는 형국임.

*Holodomor(대 기근): 우크라이너, 러시아, 벨라루스 삼국은 키에프 공국의 동일한 뿌리로 언어와 문화가 구분키 어려울 정도로 동질성을 갖고 있었지만 1917년 볼세비키 붉은 혁명 후 스탈린은 연방국가인 우크라이너 곡창지대에 협동농장을 시행하고 kulak(대 농장주)들을 처형하며 곡물을 생산량 이상으로 수탈하여 1932년 국민 250-350만 명이 기아로 사망하는 사건이 발생하니 후에 독일이 침공 시 독일군을 해방군이라 환영하는 사건으로 최근 푸틴은 우크라이너를 나치라 칭하고 우크라이너 전쟁을 탈 나치 전쟁이라는 명분을 만들고 있다.

2막. 한국의 지정학적 특징

북한, 중국, 러시아 이들 삼국은 세계의 대표적인 공산국가이며 6.25 한국 전쟁 이후 북중러 삼국과 전 세계 자유 진영과의 끝없는 이념 대결, 군비 경쟁은 오늘도 매일 매일의 뉴스가 되어 한 순간의 긴장도 늦출 수가 없는 지경이 되었다.

한국은 지리적으로 대륙국가이기도 하지만 지정학적으로 해양국가이기도 한 특별한 반도(peninsula) 국가이다.

한국이 속한 아시아는 가장 큰 대륙으로 세계 육지의 30%이며 인구의 60%가 사는 밀도가 높은 지역으로 우랄산맥과 카프카스산맥을 경계로 유럽과 구분되며 아시아 북부의 침엽수림과 凍土(동토)지역에 가장 큰 러시아가 자리하고 있으며 인구 세계 제일의 중국이 중앙아시아와 동부에 위치하며, 거대한 히말라야 남쪽으로 메소포타미아 문명이 시작된 이슬람 국가들의 중동(서남아시아)과 끝없는 내전과 국경 분쟁을 하는 스탄 국가들이 있고, 인구 밀집 지역인 동남아시아에 필리핀, 인도, 말레이, 인도네시아, 태국, 베트남 등이 한국과 일본이 극동지역에 자리하고 있다.

아시아 동쪽 끝에 자리한 우리의 국토 100,450km²(북한 120,000km²) 중 8,750여개의 산으로 72%에 해당하며 급경사이거나 험준하여 개발이 불가능하여 토지로 사용이 가능하지 않아 실제로 국토가 좁은 것이 현실이다.

조선시대까지는 강원도 영월 골짜기에서 한양으로의 강수로가 유지되어 각종 물자를 배와 뗏목에 실어 운반하고, 낙동강과 섬진강, 금강 또한 서민들의 물자를 운반할 수 있는 수로가 있었지만 이제는 각종 시설물이 강에 버티고 있으니 이 또한 불가능하니 비싼 비용의 도로와 철도에 의존 할 수밖에 없게 되었다.

이명박 정부에서 부족한 담수량 확대 대책과 저렴한 물류 정책으로 서울과 부산을 잇는 수로를 시도하였지만 정적들과 환경단체의 극심한 반대에 좌절되기도 하였다.

한국의 북쪽으로는 북한과, 중국, 러시아와 국경을 맞대고 있고, 서쪽으로는 중국과 공해를 사이에 두고 동쪽으로는 일본과 동북쪽으로는 러시아, 남쪽으로는 중국과 남지나해를 두는 동북아시아에 위치해 자유 진영국가들과는 상당히 멀리 떨어져 있고 다행히 경제 대국인 일본과는 인접한 국가이긴 하지만 한국의 집권 세력에 따라 반일이 끝없이 반복되어 불신의 늪은 위정자들의 이해도에 따라 변하니, 고도에 떨어진 고립된 외로운 자유 민주주의 국가임에는 틀림없다.

우크라이너 국민들은 그래도 우리보다 사정이 괜찮다????

외래 침공 시 피난갈 곳이 사방에 널려 있지 않은가?

우리의 현실은 피난 갈 곳이 전혀 없다. 실낱 같은 탈출의 희망이 있는 곳은 그래도 보트 피플의 오직 일본 땅 뿐이랴?

그러나 한국은 사실상 2차 대전 후 자유민주주의 국가를 건설한 유일의 국가이며, 북한은 세계에서 유래를 찾아볼 수 없는 최악의 폐쇄되고 비이성적인 핵 개발에 온 국력을 쏟아 붓는 폭력 정권으로 3대를 걸쳐 *주체사상의 이념을 달성하고자 끝없는 국제사회에 도전을 하고 있는 괴뢰 집단이다.

> *주체사상: 북한 노동당의 공식 이념이자 체제를 유지하는 근간을 이루는 정치 사상이며 1960-70년대에 확립 되었으며 사람이 모든 것의 주인이며 경제 자립 국방에서의 자주적 원칙을 강조하고 있으나 인간 중심의 주체성을 잃고 수령 절대주의를 세우는 1인 독재체제이며 소련 붕괴 후 레닌-맑시즘을 폐기하고 주체사상으로 대체하였다

우리는 남북으로 분단된 특별한 장소와 시대에 살고 있으며, 이 삶은 우리에게 진보, 보수, 혹은 좌익, 우익의 편 가름으로 강요되며, 한편으로는 marxism에 더해 프랑스 대학생들의 68혁명으로 기승을 부리던 neo marxism의 길로 빠져들게 각 분야 상층부 곳곳에 Antonio gramsci의 war of position(陣地戰, 진지전)으로 이 나라를 지배하며 자유 민주주의가 훼손되어 가니, 정치, 사법, 교육, 문화, 언론, 국방, 산업, 노동 등 모든 분야는 물론 개인의 인성까지도 지배되는 시대를 맞고 있다.

김대중과 노무현 정부, 문재인 정부를 거치면서 586 친북 운동권 세대들이 이 나라 통치의 주류로 등장하며 햇빛 정책을 통한 친북 성향의 외교와 전략적 모호성으로 인해 군건한 한미안보동맹에 이상 기류가 흐르기 시작하여, 현재는 미국의 동맹국으로 분류되는 일본과 호주가 있고 한국은 좀 더 옅어진 "글로벌 파트너"라 불리는 처지가

되어 버렸다.

2008년 이후 콘돌리사 라이스 국무장관, 힐러리 클린턴 국무장관, 울브라이트 장관으로 이어지며, 특히 일본에 대해선 미국과 동일한 가치와 민주적인 동맹을 맺고 있다고 극찬을 하기도 하고 아시아 정책의 주춧돌이며 이 지역의 평화와 번영의 핵심 요소라고 하며, 한국에 대해선 동남아국가연합과 함께 경제 안보 파트너쉽의 느슨한 관계로 설명되고 있다.

한국의 진보 좌익 정치 지도자들은 그 동안 유지 되어온 친미 성향에서 서슴치 않고 반미의 발언을 일삼는 세태는 린치핀의 안전망을 일본에게 내어 주는 결과를 초래하고 말았다.

그 뿐인가. 병력의 조직화, 체계화, 실전 능력을 배양시키는 한미 연합 훈련은 각종 이유를 들어 최근 몇 년간 실시하지도 못하고, 도상 훈련 조차도 북한의 눈치로 제대로 이루어지지 않고 있으며 주적도 밝히지 못하는 작금에도 국방부 앞에서는 한미 훈련 완전 철폐를 외치는 친북 반미 성향의 시민 단체들이 데모를 하는 지경에 이르러도 주적도 모호한 정부 관계자는 수수방관하며 온통 거리는 난장판으로 변해가는 현실은 가희 우방 미국과 자유민주주의 국가들의 의심스런 눈길을 피할 수 없으리라. (다가오는 2022년 5월 새로운 정권은 다행히 주적이 북한임을 분명히 정의하며 밝히고 있다.)

주적이 없다면 60만 대군의 군대 유지가 왜 필요 했었나?
주적이 없다면 55조의 국방 예산이 왜 필요 했었나?
주적이 없다면 3.8선 경계가 왜 필요한가?

주적이 없다면 28,000명의 미군이 왜 주둔하고 있는가?

이런 등등에 대해

진보 좌익 586에겐 질문은 하지 않겠다, 왜? 그들에겐 주적이 없으니 이런 것들은 당연히 陣地戰에선 제거해야 될 대상이니까.

그러면 이제 보수는 반듯이 답해야 한다. 왜 주저하는가?

제20대 새 정권은 새로운 해석과 이에 합당한 대답의 의무가 있다.

그 대답은 주적에 대응하는 60만 군대의 체계적 훈련과 전투력 증강이 뒤따라야 하며, 주적의 상태에 따라 무기, 방어 체계 등 국방 예산의 용도가 결정되어야 한다.

주적이 확실해졌으니 3.8선의 해체된 관측소 등 각종 시설물의 복원이 필요하고, 왜 미군이 동두천에서 평택으로 전선을 후방으로 내려보낼 수밖에 없었는가?

상주의 사드배치는 언제까지 미룰 것인가?

모호한 한미동맹 관계의 빠른 회복을 답해야 하며,

그리고 20대 새 정권은 마치 아이젠하우어의 정부 내 소련 스파이들을 색출하고 척결하듯이 Gramsi의 陣地戰(진지전)의 해체에 명운을 걸기 바란다. (*McCathy)

한국의 지정학은 불행하게도 일본을 적으로 등지는 것을 허락하지 않는다. 위정자들은 지금까지 그들의 정치적 유불리에 따라 친일과 반일을 조장함으로서 정치적 이득을 얻고자 하였으나, 특수한 우리의 지정학 조건은 자유민주주의 국가들과 동맹 운명체로 엮이지 않고는 생존위협을 받을 수밖에 없다는 사실을 왜곡하지 말아야 한다.

소련, 중국의 공산정권과 북한 괴뢰가 한국을 침략하고 살육한 것에 단 한마디의 사과라도 했던 적이 있었던가?

베트남 전쟁 당시 한국군의 참전에 대해 우리는 어떻게 베트남 국민들에게 사과 할 것 인가?

신라와 당나라가 황산벌의 백제 왕조를 도륙 한 것을 두고 지금 경주 김씨들과 소정방의 후예들이 끝없는 용서를 빌 수는 없지 않는가?

식민시절 위안부의 아픔이나 강제 노역의 인권유린도 이제는 여기서 치유를 끝내고 아픈 역사를 영원히 묻어 버리는 지혜도 필요하지 않겠나?

그리고 새로운 미래로 가야 한다.

(이영훈 교수의 "반일 종족주의" 저서에선 각종 통계와 당시 정부자료를 인용해 강제 위안부나 강제 노역은 없었다고 증언하고 있다)

우리는 불행히도 세계 패권 1, 2, 3, 4위 미, 일, 중, 러 국가들과 잔인무도한 북한 정권에 둘러 싸여 위험과 기회가 공존하는 특이한 지정학 위치 있는 것을 한시라도 잊혀져선 안 된다.

우리는 매우 단순한 답에 모든 해법이 있을 것 같다.

북쪽으로는 괴뢰정권과 중국, 러시아로 막혀 더 이상의 대륙으로의 북진은 사실상 불가능하다.

답은 우리가 해양국가라는 지정학을 최대한 활용해야 한다.

다행히 세계 자유민주주의 국가 대부분이 해양국가이며,

동해를 벗어나면 태평양으로 일본과 미국에 닿을 수 있고 남해를 벗어나면 인도양과 대서양으로 진출 할 수 있다. 다행히 건국부터 우리는 수출입국으로서 이를 국가의 생존에 사활을 걸고 있으니 해양국가의 이점을 간파한 것에 감사한다.

한미동맹의 경제, 안보와 한일 경제 협력은 경제 성장의 원천으로, 우리를 10위권의 경제력으로 도약시킨 해양시대가 도래한 현재 모든 해양은 미국이 장악하고 있다고 보여 진다.(*해양 패권국의 사례)

우리가 한미동맹을 강화해야 하는 이유는 또 있다.

러시아나 중국은 그들의 영향력 아래 있는 국가들에게 부도덕하고 탐욕으로 채워진 반면, 미국은 남의 땅을 탐하지 않고, 공정으로 대하는 자유민주주의의 정신과 인권의 존엄을 통해 강력한 동맹을 추구한다.(최근 트럼프를 통해 미국 우선주의 현상이 나타나고 있기도 하나 이는 이제 시작일 뿐이지만 청교도정신은 살아 있다)

다만 무력이 아닌 달라와 금융 질서를 통해 세계를 경영해 나갈 뿐이다. 그리고 막강한 해군력은 모든 국가에 해양 자유무역을 보장하고 2차 대전을 통해 한층 발전한 산업기반을 자유민주주의 국가들과 공유하며 이를 통해 소비재의 거대한 시장을 제공하며,

공산주의 국가들을 방어하기 위해 뉴햄프셔의 Brreton woods 협정이라든가 유럽을 재건하기 위한 European Recovery program (Marshall plan), 한국을 재건하기 위한 Usom 등 거대한 미국 소비 시장에 접근할 수 있는 강력한 제도와 원조는 미국이 수십 년 동안 변함없는 안보와 경제 동맹을 유지하는 강력한 비젼이다.

*해양 패권국: 16세기 이후 흑해 지중해 에게해를 접하고 실크로드의 교역망을 장악한 오스만 제국이 유럽을 지배하며, 새로운 해양 기술이 발전함에 따라 스페인이 지중해를 장악하고 포루투칼의 인도양 진출로 오스만의 패권은 끝나며, 스페인은 아시아 일부와 거침없이 남미 대륙을 손에 넣는 해양 패권국이

된다. 섬나라 영국은 거칠기 유명한 북해로 인해 해양 기술이 발달하며 스페인이 침공에도 무탈하게 버티며 이베리아 반도 국가들을 제압하며 점차 세력을 전 세계로 확장해 가며 식민 제국에서 지속적으로 들어오는 富(부)는 구태와 전통에서 이성과 과학적 신기술로 르네상스와 더불어 *산업혁명의 기초가 되기도 하였다.

2차 대전 후 영국에서 미국으로 해양 패권은 자연스럽게 넘어간다. 이렇듯 해양 지정학은 한 국가의 흥망성쇠를 좌우할 매우 중요한 조건으로 다행히 우리의 해양 지정학은 장단점을 다 보유하고 있기도 하여 한미안보동맹은 필연적이기도 하고 필수적이기도 하다.

*산업혁명: 노동력, 수력, 풍력을 이용하였으나 18세기 후반 영국에서 증기기관의 발명으로 에너지원인 석탄산업이 발달하기 시작하고 석탄이 동력이 되어 철강산업이 발달하며 이는 증기선박으로 식민지 원양에서 저렴한 해상 비용으로 목화 등 원료를 들여와 직물섬유를 만들어 식민제국에 수출하는 경제의 고리를 만들고 황산과 탄산나트륨의 대량 생산체제에 돌입하여 의약품, 철강, 제지, 비료에 이르기까지 광범위하게 발전되며 비료 덕분에 농장의 생산은 배가되어 도시의 규모는 폭발적으로 확대되어 런던은 세계 최대 도시가 되었다.

여기서 우리는 특이점을 발견 할 수 있으리라.

16세기 이후 해양 제국들은 탐욕스럽게 전세계에 걸쳐 식민국가, 혹은 연방국가 건설에 혈투를 벌여 왔고, 대륙 제국들 역시 이웃 나라를 침탈하고 식민지화 하여 끝없는 전쟁 혹은 내전으로 온 세계가 평화의 날이 진정 없었지만, 1648년 30여년의 신구교도들의 도시 국가 전쟁 후 유럽에서는 베스트팔렌(Westfalen:독일)조약을 체결하여 도시 국가에서 근대국가의 원년이 이루어지며, 유럽 지형은 현대의 대략적인 국경선이 정해지고 200여 년 후 뒤 늦게 이태리, 독일, 일본 등이 또한 도시국가에서 근대통합 국가로 변신하여 뒤 늦은 세 나라는 1, 2차 세계 대전을 감행하는 만행도 보였지만, 2차 대전 후 이

세 나라 역시 패전의 국난을 미국의 절대적 경제적 지원과 자유민주주의 국가로 개조시키며, 1776년 독립이후 세계 최강의 미국은 자유민주주의 수호 국가로서 단 한 차례도 다른 나라에 침략적 무력을 행사 한 적이 없음을 상기 할 수 있을 것이다.

한국의 지정학은 더 이상 물러 날 곳이 없는 최악의 조건으로, 좌익 진보 그룹에서는 친북 혹은 친중의 이념으로 접근하며, 陣地戰(진지전)으로 국가의 안보를 위태롭게, 우리의 운명이 바람 앞의 등잔불의 처지로 전락하는 중,

드디어 2022. 5월 우익과 보수 그룹이 등장하는 뜻깊은 새 정권이 탄생하니 자유민주주의 시장 경제의 새로운 출발을 기대해도 좋을듯 하나 한편으로 웰빙 보수의 재등장을 경계하기도 한다.

국민이 불러낸 새 정권은 법치와 공정을 외치고 집권하였으니 분명 다시는 좌익 막시즘의 폐해가 이 나라에서 사라지는, 정치 철학이 행해지길 기대한다.

3막. 새로운 선택

참으로(Indeed, 眞實로)

이 비련의 지정학적 땅에서 자유민주주의 이념마저 무너진다면 희망이 없다. 엄연한 사실을 왜곡하며, 숨기고 국민이 원하지도, 자유민주주의 세계가 원하지 않는 길로 빠져 들게 하는 Neo marxism의 이념적, 개념적(논리적) 유혹을 뿌리 칠 수 있을까?

내키지는 않지만 진실을 외면한 채 포퓰리즘이 아니라고 하면서 보수든 진보든 한발 한발 자신도 모르게 사회주의자들이 밟았던 전철로 빠져 드는 돌아오기 힘든 길로 서서히 나가는 지금의 정치 상황을 어떻게 해야 할까?

때를 놓치지 않게 이를 인식하여 이를 피할 수만 있다면 우리의 문명적, 그 가치를 더 할 것이다. 이는 특정 집단들이 자기 이익을 도모하기 위해, 또는 권력의 영속성을 위해 국가가 모든 것을 계획하고 분배하여 소득이 공평하게 분배 되어야 된다는 논거로 이는 곧 권력의 통제 수단으로 변질되어 모두가 의식 못하는 사이 의도와는 다른 동물농장의 추악한 결과에 이를 뿐이다.(sociallism means slavery)

한편에선 점진적인 의식의 둔화는 인식 못한 채, 자신의 이상에 따라 삶을 영위해 나갈 자유 이념을 위해 투쟁하고 있다는 사실 자체만으로, 좌익 진보와 양립할 수 없다는 사실도 잊어버린 채 어느덧 포퓰리스트들은 내 주변에 있음을 알지 못하는 것이다

예를 들어 2022년 20대 대선 선거 운동에서 진보 권력자들이 코로나로 어려운 소상공인에게 국채를 발행하여 30조원을 지원하겠다 하니, 우매한 보수 진영에서 우리는 50조를 지원하겠다 라는 양립해서도 안 되고 답습해서도 안 될 정책들을 마구 쏟아 낸다면 보수의 자유 민주주의 시장 경제의 가치는 그야말로 시궁창에 처박는 처사라 하겠다.

최소한 양식과 용기 있는 보수라면 시장 경제의 순기능을 먼저 고려하여 이들에게 새로운 대책을 내 놓고 설득해야 되지 않을까?

경제 문제에서 권력에 예속되어 경제적 자유를 포기한다면 개인적, 정치적 자유도 문명적 자유도 포기해야 한다는 경고를 왜 애써 보수 권력마저도 외면을 해야 하는가?

장기적 관점에서 자신의 이기주의적(selfshiness) 뜻에 따라 점진적으로 자유 경쟁 속에서 소득과 삶을 만들어 가는 시장 경제 체제를 알게 하고 스스로 선택할 기회를 모색하여 성장과 발전을 두무케 하는 것이 진정한 자유 민주주의임을 알게 하자.

권력이 설계한 소득 주도 성장, 최저 임금, 각종 연금들, 기본 주택, 기본 대출, 청년 돌봄, 의료 보험, 근로 시간 단축 등 이런 정책들이 개인의 근로 의욕을 소멸 시키고, 우리 주변에 들불처럼 만연한 촛불 시위 등 더 많은 것을 요구하는 집단주의(collectivism)를 방치 할 뿐이다.

권력자들이 선택한 목표에 왜 우리는 3세기를 통한 위대한 가치인 시장 경제의 자생적 선순환의 힘을 폐기하고 우리는 권력자들을 위한 광기의 집단이 되어 가고 있는가?

포퓰리즘의 목적에 대해서는 대중의 보편적 이익을 말하지만 수단과 결과에 대해서는 그 누구도 관심을 두지도, 이해도 없으면서 성취될 수 있다는 자신감에 들떠 있고 그 위험에 대해서는 더더욱 논쟁을 회피하는 평등 사회주의에 빠져 들게 만들 뿐이다.

한 예로 우리는 문제인 정부의 최저임금 정책을 살펴보자.

이윤을 추구하는 기업에게 생산성 이상의 임금을 규제하면 과연 어떤 결과일까? 목적은 대중의 보편적 이익을 위해 기업이라는 수단을 이용해 법률적 최저 임금을 강제하니 결과로서 기업은 문을 닫거나 일자리를 줄이며, 생존 전략을 펴니 이로 인해 근로자들은 알바 할 자리조차 찾지 못하여 국가의 시혜성 포퓰리즘에 의존하게 되니 사용자나 근로자 모두 경제적 자유가 침해되는 결과를 우리는 현재 경험하고 있지 않은가?

> "우리가 저녁밥을 먹을 수 있는 것은 정육점, 양조장, 빵집 주인들의 선심 때문이 아니라 그들의 이기심 때문으로 우리의 필요가 아니라 그들의 이익에 대하여 얘기해야 한다.
> 오로지 거지만이 그들과 다른 이의 선심에 의존할 뿐이다. "
>
> - Adam smith의 國富論(국부론)에서

청년 일자리, 청년 주택, 취업 준비금, 최저 임금, 국민 기본 대출, 자영업자 모두에게 지원금 제공 등 수없는 모든 민생 경제 문제를 국가가 계획하고 설계하여 국가를 유지하겠다는 국가주의는 마르크시즘의 곧 공산주의로 가는 평등의 길임을 우리는 소련, 중국, 북한의 역사에서 배우지 않았나?

미국을 배척하고 반일 국수주의는 대중에게 인기가 많고 흡인력이 강한 민족주의로서 독일 등 유럽 국가의 역사를 통해 배운 폐기된 사회주의가 아닌가?

정부와 대립하는 촛불세력, 시민단체의 끝없는 대결은 가랑비 옷 젖듯 우리를 점차 무너지게 하여 자유민주주의 쇠락(democracy decay)을 만들지는 않는지?

촛불정부를 지칭한 운동권 세력들은 자유 민주주의와 대결로 적폐청산이란 오랜 기간 권력을 휘둘러 결국은 정치적, 경제적 양극화로 통합과 포용이 아닌, 명목뿐인 기본 소득 등이 또 다른 독재의 길과 포플리즘은 아니었는지?

작금의 복지국가 환상과 그로 인한 결과들에 대한 정당한 평가들은 이루어지려는지?

이제 열흘 후면 출범할 새로운 20대 정권은 이를 반면교사 삼아 법치의 테두리 안에서 민주적 규범과 권력의 절제로 자유민주주의를 실현하여 정권 교체의 정당성, 정체성을 확립해야 되지 않을까?

새로운 선택을 하며, 새로운 정권을 기다려 온 나의 5년의 오랜 기다림은 완성 될 수 있을까?

한편 세계에 서서히 드리워지는 탈 세계화로 자국 이기주의의 태동하는 새로운 질서에 대해서 어떤 해법을 모색해야 하는지, 새로운 숙제를 어떻게 풀어내려는지?

각종 적폐로 쌓인 노소, 교육, 언굴, 의료, 안보, 불법 시민 단체 등 수많은 개혁 과제들은 어떻게 풀어내려는지?

사회 민주주의와 대중 민주주의, 집단 이기주의, 衆愚(중우: Ochloc-racy)정치, 떼 법(mob rule)이 없는, 혁신적 보수가 채찍질하여 새로운 혁신적인 국가 건설로, 자유 민주국가들과 연대하여 자유로운 무역과 자유로운 교역을 그리고 집단 안보 체제로 온전히 누리는 진정한 국가 안보와 자유 민주주의를 누리는 평온한 세상을 꿈꾸며 나의 소망은 이루어질 수 있을지 숨죽이고 큰 눈으로 지켜본다.

*본문의 작성은 글의 뼈대를 먼저 세우고 주석이나 기억이 정확치 않은 숫자나 연도 같은 것은 인터넷이나 각종 서적을 통해 확인 후 작성하였음을 밝히며, 그 또한 부정확 할 수도 있으나 글의 큰 흐름을 유지하고 표현 하고자 하는 내용에는 변화가 없음을 밝힙니다.

참고 문헌 : 김일영 저 〈건국과 부국〉. 이영훈 저 〈반일 종족주의〉.

Peter Zeihan, 〈The Accidental Superpower〉 그 외

이어령 선생님의 나라를 위한 기도문을 소개합니다

당신은 이 나라를 사랑합니까?
한국은 못난 조선이 물려준 척박한 나라입니다.
지금 백척간두 벼랑 끝에 있습니다.
그곳에는 선한 사람들이 살고 있습니다.

헤지고 구멍이 나 비가 새고 고칠 곳이 많은 나라입니다.
버리지 말고 절망으로부터 희망의 날개를 달아 주소서.

어떻게 여기까지 온 사람들입니까?
험난한 기아의 고개에서도 부모의 손을 뿌리 친 적은 없습니다.
아무리 위험한 전란의 들판이라도 등에 업은 자식을 내려놓지 않았습니다.

남들이 앉아 있을 때 걷고 그들이 걸으면 우리는 뛰었습니다.
숨 가쁘게 달려와 이제 의식주 걱정이 끝나는 날이 눈앞인데 그냥 추락할 수는 없습니다.

우리는 지금이 벼랑인 줄도 모르는 사람들입니다.
어쩌다 북한이 핵을 만들어도 놀라지 않고 수출액이 5,000억 달러가 넘어도 웃지 않는 사람이 되었을까요?

거짓 선지자들을 믿은 죄입니까?
남의 눈치나 보다 길을 잘못 든 탓입니까?

정치의 기능이 소금받 너 시울어도, 시징 경제의 지붕에 구멍 하나만 더 생겨도 무너집니다.
법과 안보의 울타리보다 겁 없는 자들의 키가 더 커 보입니다.

非常에는 飛翔해야 합니다.
싸움 밖에 모르는 정치인에게는 비둘기의 날개를 주시고 살기 팍팍한 서민들에게는 독수리 날개를 주십시오.
주눅들은 기업인들에게는 갈매기의 비행을 가르쳐 주시고,
진흙 바닥의 지식인들에게는 구름보다 높이 나는 종달새의 날개를 보여 주소서.

그리고 남남처럼 되어 가는 가족에게는 원앙새의 깃털을 내려 주소서.

이 사회가 갈등으로 더 이상 찢기 전에 기러기처럼 나는 법을 가르쳐 주소서.
소리 내어 서로 격려하고 선두의 자리를 바꾸어 가며 대열을 이끌어 가는 저 따스한 기러기처럼 우리 모두를 날게 하소서.
그래서 이 나라를 사랑하게 하소서.

李御寧

참으로 본문 "散文集 제1부 현대사와 함께" 필자의 글에 녹아 있는 우리들이 살아온 그 길을 망각해선 안 된다는 절박한 국가관을 이어령 선생님은 기도문에 담고 있어 소개합니다. (본문은 유튜브에 회자되고 있음) 註: 筆者

제 3 부

望八의 방황과
사색

1. 가을의 서사

2. 별 이야기

3. 음악을 마주한 또 다른 나의 속살 고백

4. 짓궂은 시련은

5. 보이는 것이 어디 그뿐이랴

6. 가을비는 내리는데

7. 무엇을 가져갈까?

8. 數가 내게 전해 주는 함의는?

9. 코로나의 난동

10. 친구에게

11. 어설픈 가을 여행

12. 10월이 가며

13. 끝 모를 여행

14. 옛살비는 桑田碧海(상전벽해)의 땅

15. 오후의 사색

16. 교회 담장 밖의 산책

17. 허구의 SF세상

18. 12월의 편지(5번째 송년 편지)

19. 1월의 편지(신년의 소망 편지)

20. 죽음의 Aporia

21. 봄을 기다리며

22. 사랑에 대하여

23. 새 삶의 미장센

*우리가 잊고 있었던 예쁜 우리말들을 글 중에 한두 낱말을
  사용하였음을 밝히고, 그 낱말들이 사랑 받았으면 희망합니다.

1. 가을의 서사

기세를 부리던 폭염도 이제는 9월을 넘어서며 어느새 낯선 바람이 내 방 창문을 기웃 거린다. 가을의 입구인 입추를 넘어 오며 계절은 기막힌 변신을 시도하고 있다.

당장에 긴 소매로 갈아입고 뜨거웠던 그 여름과는 이별을 고한다.

달려오는 하늬바람은 이제 가을을 예고하며 너른 들판을 곧 수확의 계절로 바꿔 놀 참이다.

이제 4旬만 지나면 산야의 초록 잎 새들은 어김없이 숨통이 끊어지는 고통으로 붉은 상처를 내며 그 옹이에 못 이겨 흙바닥으로 나 딩구리 질 운명이라 생각이 드니 가는 세월이 이렇게 야박 할 수 있는가 생각이 드는 것은 이미도 내 안 어딘가 깊은 허허로운 슬픈 진상들이 가득 차 있을 것 같다.

풍성한 수확의 계절이라 하지만 따지고 보면, 그 식물들이 뜨거운 볕과 비바람을 견뎌 몇 달의 인고 끝에 種의 번식을 위해 만들어 낸 생명의 씨앗들이 아닌가?

인간을 위해 인고를 견뎌낸 것은 정말 아니란 말이다.

우리가 그들로부터 취하는 것들은 기막힌 먹거리 수확이란 이름으로 일탈을 지어내 수탈의 당연한 우리의 일상으로 만들어 버리는 음모는 아닌지?

나는 이 가을이 오면 그 만남이 소중하고 피멍으로 멍든 오색찬란한 산야를 한없이 사랑하며 슬퍼한다.

한 점 스치는 바람마저 사랑 한다.

이 가을은 풍요로운 계절이라기보다 세월의 그리움과, 머지않아 불어 다가 올 한 겨울의 쓸쓸한 외로움이 먼저 찾아오는 상상을 한다.

얼마 전 차를 달려 부모님 영혼이 깃든 고향에 가을 한가위 성묘를 다녀오며 이 가을이 전하는 어머니 아버지의 모습을 떠 올려본다.

칠남매 아홉 식구 지금이면 상상조차하기 어려운 많은 식솔,(당시 대개는 모든 가정이 그랬음) 오육십 년대 아버지들 벌이란 입에 풀칠도 어려운 시절 엄마의 그 고통은 어땠을까?

밤새 뒤척이며 부엌을 몇 번 드나든 뒤에나 쪽잠을 청하는 엄마는 어김없이 새벽녘 아궁이에 불을 지펴 무엇인가 마법의 가마솥을 달군다.

아궁이 불이라야 인근 산에서 주워온 나뭇가지이며 사다가 쟁여 논 장작개비 몇 개 인 것을,,,,,

들고 오신 밥상은 밤새 切齒腐心(절치부심)한 흔적 그대로 온 식구를 맛있게 먹이고 각자 학교를 보낸다.

대개의 어머니들이 다 그렇지만 우리 어머니는 특히 강인한 정신력으로 아버지를 제치고 그 넓은 과수원 일이며 밭일이며 닥치는 대로 하시며 조금이라도 더 식솔들을 위해 헌신 하셨던 기억은 눈물 흘리지 않고는 떠 올릴 수가 없다.

막내인 아버지 위에 세분의 伯父 仲父(백부 중부)들 살림살이까지 일일이 챙기시는 온화한 마음은 지금 가슴 깊은 곳에 자리하여 삶의 원천이 되기도 한다.

환갑이 지난 나이에 道德經(도덕경)의 해박한 해석은 어머니를 제천 괴산 음성 등 충청도 近洞(근동)에 불러내시어 그녀의 강의에 찬사를 보낸다는 소식도 들려오긴 했었다.

엄동설한의 고통을 딛고 움을 틔우고 푸른 새싹을 펴는 인고의 세월을 거쳐 꽃을 피우고 폭염과 장대비를 뚫고 사투를 벌인 끝에 끝내는 주먹만 한 배 하나, 붉은 큰 사과 하나를 맺게 하는 놀라운 기력을 쏟아 부은, 아버지 어머니의 헌신과 맞닿은 높고 푸른 명경의 가을 하늘을 보노라면 수확의 기쁨 보다는 가슴속 깊이 파고드는 아련한 애잔함과 그리움이 먼저 내게 오는 것은 수액이 점점 끊어져 초록 잎들이 핏물 뚝뚝 떨구며 다가 올 이별을 슬프게 노래하는 계절임을 나는 마주하며 *올리 사랑의 그 불효를 눈치 채는 계절이기 때문이다.

교성리의 집에서 3km 정도 떨어져 있는 과수원은 예쁜 황토 흙집이 자리한 가슴에 아직도 담아 놓은 진천중학교 뒤 방말촌의 아담한 언덕으로 산바람의 길목이 맞닿은 과수원 길은 내 유년 및 청소년 시절의 아련한 추억이며, 그 길 과수원 높은 곳에 그리움과 애절함이 內傷으로 자리하고 있는 아버지 엄마의 무덤이 있고 한 쪽에 빨간 해당화가 질긴 생명을 이어 가던 곳임이 선명하지만, 이제는 낯선 현대식 공장이 자리하고 있는 생경한 풍경이 절망이 되는 슬픈 계절이기도 하다.

떨어져 가는 온 산야 피멍으로 아파서 더 예쁜 낙엽도 이제 곧 불어 닥칠 삭 바람과 함께 자취를 감추고 이별하려 하지만, 언제나 한결같이 내 곁을 맴돌 것이라 여기던 부모님들은 세상 어디에도 계시지 않고 이제는 추모원의 상자 틀 안에 계신다는 절망감은 이내 끝도 모를 한없는 부모님의 사랑을 그리워한다.

이 가을의 서사는 세월이 흘러 석양의 감나무에 걸린 해거름 끝에 서 있는 내 모습을 바라 볼 수 있으니, 내게 또 다른 고뇌와 질문으로 自然 哲學(자연 철학)의 세계로 다가 오기도 하며 悔恨(회한)의 신음을 토해내고 있다.

*올리사랑: '자식의 부모에 대한 사랑'의 예쁜 말

2. 별 이야기

끝도 없이 가늠 할 수도 없는 무한 시공간은 무엇일까?

지금으로부터 138억 년 전 질량이 어마어마한 아주 작은 점 하나, (아인슈타인의 통일장 이론) 상상도 되지 않는 Planck Era(1조 분의 1초) 시간에 드디어 대 폭발 즉 빅뱅을 일으키니 5분 안에 모든 물질의 생성과, 時空間(시공간)의 4차원이 완성되며, 38만년 동안 태고의 우주 질서(cosmos)가 만들어 지고 45억7천만 년 전 태양과 태양계의 모든 행성이 완성되니 그 중 작고 예쁜 푸른 지구와 달이 탄생되어 비바람이 이곳에 생기니 바다가 만들어져 생명을 잉태하게 되었다.

빛을 만드는 별들이 모여 은하계를 이루고 은하들이 모여 은하단을 이루니 현재 과학자들이 확인 가능한 별(恒星)의 숫자는 천 억에 1조 개를 곱한 숫자라 하니 짐작도 가지 않는 0을 23개를 덧댄 천문학적 수학적 난제이기도 하다.

21년 크리스마스에 쏘아 올린 제임스 웹 망원경은 해를 거듭할수록 그 숫자를 늘려갈 확신에 차 있기도 하다.

태양계가 속한 우리 은하 크기는 10만 광년 두께는 1천 광년으로 은하의 중심에서 떨어진 변두리에 있는 우리 태양계는 은하를 중심으로 초당 220km의 공전을(지구의 공전:29.8km/초 자전:463m/초) 한다.

2.5억 년에 한번 씩 은하를 돌고 있으니 지금까지 20회 정도 공전을 하고 앞으로 20회 정도 더 하면 수소 연료를 모두 소진하여 그 생명을 다 할 것이지만, 태양도 빠르게 돌고, 지구도 공전과 자전까지 하며 소용돌이 치고 있으나 멍청한 나는 아무것도 모른 채 곡선의 둥근 지구에서 넘어지지 않고 버티고 있으니, 그것은 강 핵력, 전자기력, 약 핵력, 중력의 보이지 않는 힘이라 하니 생각하면 할수록 경이롭기만 하다.

우리 은하는 4천억 개의 恒星(항성:별)과 인체의 세포 수에 해당하는 60조개의 지구 같은 행성을 거느리고는 있으나 우주에서는 아주 작은 은하일 뿐이다.

밤하늘에 빛나는 작은 별들도 모두 우리 은하의, 행성을 거느린 또 다른 태양계로 가깝게는 4.24광년 떨어진 프록시마 센터우리, 알파 A,B 등이 있으며 이 별들은 보통 망원경으로도 관측할 수 있다.

광년이란 빛이 1년간 달리는 거리로 9조5천억 km(초당 3십만km)이며 현재 인간의 과학으로는 갈 수 없는 거리이기도 하다.

1977년 보이저 1.2.호가 지구를 떠나 2020년 목성 토성 천왕성 해왕성, 59억km 거리의 명왕성을 지나며 태양계를 벗어나 외계로 진입하는 인류 과학 최초 무인 성간 위성이 되었다.

태양에서 지구의 거리는 1.5억km로 빛이 달려 8분20초 걸리며 지구에서 달까지는 1.2초 걸리는 38만km에 위치 해 있다.

빛은 1초에 지구를 7.5번을 돌 수 있는 속도로 그 속도는 유한함으로 우리는 과거와 현재 미래가 존재하는 시공간에서 한 점 유영하고 있는 셈이기도 하다.

우리 은하에서 가까운 또 다른 은하계는 220만 광년 떨어진 우리 은하 두 배 크기인 22만 광년의 안드로메다와 남반구에서 육안으로 관측 가능한 소 마젤린 은하와 대 마젤린 은하가 있다.
사진으로 많이 접하는 은하는 우리 은하의 중심부, 또는 남반구 은하들이다

사자자리, 용자리, 곰자리. 궁수자리, 백조자리, 전갈자리 등 수없는 별들의 자리들은 모두 태양과 같은 빛을 내는 우리 은하의 또 다른 태양계로 우리 은하의 항성 즉 별들은 4천억 개에 이르며 과학이 발전하면 할수록 그 숫자는 해마다 업데이트 되곤 한다.

인류가 발견한 우주의 물질중 수소 헬륨 산소......우라늄 등의 100여개의 원소는 전체의 4%에 해당되며 나머지 96%는 미지의 암흑 물질과 암흑에너지로 명명하여 그 실체를 아직은 규명하지는 못하고 있으나, 최근 블랙홀, 퀘이사의 정체를 하나하나 풀며 미지의 물질 규명에 도전은 하고 있다.

지구의 대기를 벗어나 외기로 가면 칠흑의 영하 273도 진공의 차가운 무한대의 넓은 텅 빈 공간은 아직도 계속 "가속 팽창"으로 넓혀지며 별들이 사라지고 새로운 별들이 탄생하는 거대한 잉태의 자궁으

로, "Carl Edward Sagan은 이렇게 넓은 우주에 외계인이 없다면 그것이 더 이상한 공간 낭비라고 정의" 하고 있으며, 다만 우리가 빛을 타고 간다 해도 몇 천만, 몇 억년 걸리는 그 먼 곳으로 갈 수 없으니 현재로서 확인할 길이 없는 현실을 밝힌다.

창공을 가르는 *별찌들을 바라보며 결국은 나는 우주의 한 점으로 짧은 시간 동안 아주 작은 한 점 지구의 간이역에서 희망을 말하며 슬픔과 그리움 사랑을 연민하며 보잘 것 없는 희노애락은 하루살이의 짧은 그 흔적만을 남기지는 않나 하는 작은 겸손함으로 사색 해본다.

이렇듯 설명되기 어려운 우주의 시공간의 정체는 어느덧 鬼面(귀면) 화상의 시골 村夫(촌부)를 긴장 시키며 주눅 들게 하며 매일 매일 어설픈 시인으로 만들어 가는가 보다.

*별찌: 유성의 우리말

3. 음악을 마주한 또 다른 나의 속살 고백

음악과 오디오를 벗 삼은 세월은 50여년을 훌쩍 넘어 버렸다.

어려웠던 60년대 말 뚝섬의 경마장 앞 자주 들리는 경동 다방에서 차 한 잔 하는 동안 울리는 소리에 넋을 잃고, 이 소리는 난생 처음 들어보는 참으로 따뜻한 가슴속 울림이 되어, 커피 두 잔을 더 주문하고 마담에게 *겨르로이 이것저것 물어 보며 딴청을 부려 보았다.

일본 Pioneer Tube의 아나로그 초기의 기계로 그 음이 따뜻하고 너무 부드러워, 아무것도 모른 채 돈 대신 받아 설치했다는 마담에게 나는 맹랑한 제안을 하였다.

결국 꽤나 많은 *금세 오만 원을 투자하고 그 명물을 인수하기로 하고 변심이라도 할까봐 나는 퇴근 시간에 맞춰 즉시 택시를 대절하여 싣고 왔다.

운명적으로 처음 접한 선율은 Johann Strauss의 unter donner & blitz의 마치 천상의 소리,,, Tchaicovsky의 1812 overture의 웅장한 대포 소리의 황홀감에 빠져 주변에 자랑 할 일이 넘치도록 많은 십여 년, 아내가 미혼일 적 음악이야 말로 최고의 어프로치 행위로 행복한 시간을 보내기도 하였지만 좌우 소리의 찌그러짐, howling의 발생으로 그 요인을 찾아 케이블도 니들도 카트리찌도 교체하여 보며 몇 날 밤을 새워, 고생만 하고 효과는 없고, 끝내는 고쳐 보겠다고 다섯

째 동생이 가져가 고물상에 버리는 불상사가 발생하였다.(지금 쯤 몇 천만 원 쯤 하겠지?) 밤을 새워보지 않은 이가 오디오 시스템의 소중함과 애절함을 이해 할 수나 있을까?

이런 고민을 회사 어른이 아시고 75년에 일제 Sunsui를 거저 내 주시어 위안을 삼고 지내던 중, 또한 91년쯤에 설립한 지 얼마 안 된 공장의 대 화재로 시름에 앓던 중 音樂的 同志(음악적 동지)인 곰살맞은 申鉉稷(신현직) 사장의 독일제 명품인 70년대 초 출시된 Marantz 2330B를 선물 해주어 현재까지 오랫동안 신비한 생명의 Fuga를 누리고 있다.

어려웠던 시절 운명 같이 고전 음악을 접하게 되어 깊이도 모른 채 둠벙에 빠져 허우적거리며 남대문 암시장을, 청계천을, 명동 뒷골목을 헤매며 중고 레코드판, 악세사리들을 사들고 희희낙락하던 시절 나는 꿈 같이 행복한 시절을 보냈으며, 함께 해준 주변 분들을 떠 올리면 가슴이 참 따듯해지며 설레이기도 한다.

우리가 자라고 꿈을 키우던 6-70년대는 고난과 도전의 시대로 음악을 즐긴다기 보다는 무엇인가를 하지 않으면 안 되는 절박한 시대이기도 하여, 절대 음악이 품은 순수한 감동이라도 위안을 삼을 수 있어 행복하기도 하였다. 만약 음악마저 없었다면 늘 아쉬움과 시대의 궁핍함을 어찌 이겨 낼 수 있었겠는가!
지금이야 골프며 여행이며 각종 스포츠를 즐기고 문화 공간이 넘쳐

모객을 하지 않으면 안 될 지경에 이르렀지만,
당시는 많은 사람들이 유일하게 할 수 있는 위안이란 낡은 노이즈 투성이 필름의 허름한 삼류 영화관이나 배낭 메고 만원 버스 타고 등산 가는 게 전부인 것을,,,,,,,,,,,

음악이야 듣는 사람의 주관적 취향에 속하지만 면과 선을 따라 연속적 시간의 흐름 속에 울리는 전 흐름을 중시하는 아나로그와 손가락과 발가락처럼 사이가 떨어진 것처럼 단속적 불연속성인 많은 점이 수없이 이어지는 분석적 부분적 개념의 디지털 신기술의 현대적 음악의 차이는 분명 내게는 부드럽고 포근하고 따스한 감성의 Analogue, 절제와 완벽함으로 친절하게 무장한 차가운 감성의 Digital 음으로 전해지고 있는 것 같다.

스피커를 AR3a로 Cable은 높은 대역으로 매칭하고, 평생 아끼고 즐기는 Needl은 Shure M97xE로 장착하였으며, 아들이 선사한 일제 Denon RC1002 시스템도 한자리 차지하여 써브 노릇을 당당히 하고 있다.
Marantz CDP6007 deck 또한 현정 동생이 선사 해 주어 호사를 누리고 있다. 최근에는 Bluetooth 스피커를 Bose와 ERIS E3.5BT 두 대를 걸어 출퇴근 전후 자투리 시간에 간편하고 매우 유용하게 사용하고 있다.
작은 서재에서 독서를 하며 위스키 한잔에 감성이 오르면, 부드러운, 때론 강렬한 선율에 도취해 책 읽기와 글쓰기를 하는 등, 나름 사색하며 인생의 漸悟(점오)를 즐기기도 한다.

지금 이렇듯 오롯이 고난 한 꽃밭 삶의 궤적들을 이겨내는 참으로 아름다운 오디오(음악)적 기쁨으로 차 있다.

참으로 즐거운 것은 최근 6년 전부터 50여 지인들에게 매주 한곡 씩 선곡하여 카톡를 통해, 보내기 위해 자료를 뒤적이고 메모 노트를 확인하며 소일하는 주말 시간은, 어린 아이처럼 그 즐거움이 배가 되고, 그 음악 속에 담긴 인생과 철학을 해석하며, 지인들과 소통의 끈으로 허허로움을 채워주는 새로운 삶이 충만 해지는 Ataraxia의 즐거움을 맛보기도 한다.

시와 음악은 일상이 되어 기쁨으로 노래하며 사랑하며 영혼을 살찌우는, 참으로 아름답고 향기로운 순백의 가을 국화 같은 인생이 되고 싶다.

이 밤 위스키 한잔과 함께 글을 쓰는 구석에서는 "Pachelbel의 canon in D major Cannon 변주곡"이 감미로운 경쾌한 선율을 琴線에 담아 바로크 시대로 초대하니, 나는 좀 더 볼륨을 올려 이 늦은 밤을 소중히 가슴에 품으려 한다.

*겨르로이: '한가로이'의 예쁜 우리말
*금세: 물건의 시세나 값

4. 짓궂은 시련은

운명의 신이 내 창문을 사정없이 거세게 두드린다.
"빠바밤바 빠바밤바 여덟 번의 두들김, 단조에서 장조로의 투쟁과 희망, 비관, 승리로 교차하며 이어지는 고통의 드라마틱한 울림"
"Beethoven Symphony No.5 C minor 운명" 도입부부터 온 방안을 가득 채우며 모든 악기는 거친 숨을 토해내며 마구 두드리고 절규하며 울어 댄다.
이어서 슬픔 가득한 天球의 소리(musica mundana)가 가냘프게 나를 울리고 있지 않는가?
그리고 마침내는 운명의 질곡(桎梏)을 끊어 내는 승리의 찬가를 울리고 있다.
드디어 음악의 神, 초인(Ubermensch: 超人)의 출현이다.

아 그렇다.
이제는 부식되어 가는 몸과 가슴에 옹이로 훈장처럼 새겨진 질곡의 무수한 세월을 고해성사처럼 끄집어내어 세상 밖으로 내 던지고 싶다.
나의 운명은 Moros가 예비 한대로 한 치의 어긋남 없이 일찍 감치 그것을 완성하려는 듯, 기억도 가물가물한 *꼬꼬지 다섯 살 적에 내 인생의 변곡점을 찍어 버리는 아뿔싸 통한의 안타까운 큰 사고를 이루우고야 마는 Moros의 만행은 증명이 되고 말았다.

이름도 잊혀진 또래 꼬마 친구들 몇이 놀고 있는 곳에 옆집 형이 또래의 친구들과 자치기를 하다가 내 쪽으로 오면서 팔꿈치 국방색 까칠한 담요 재질의 외투는 여지없이 나의 동공을 치고 가버리는,,,,,,,

서울 소공동의 공병우안과 등 전국의 용하다는 병원을 수소문, 열악한 의료 기술을 전전하며 입 퇴원은 반복되고, 용하다는 무속의 기운을 찾아 헤매고, 예수님의 도포자락을 붙들고 치유의 은사를 갈구하며, 그렇게 학교는 출석 미달로 유급에 시달리며, 통증의 울음으로 부모님 가슴을 찢어 버리며, 줄줄 흐르는 낭자한 눈의 피 고름의 지독한 고통을 어찌 표현할 수 있을까?

아버지 어머니의 애끓는 애간장은 피를 토해내고, 열망을 탕진하고도 멈출 줄 모르는 불효는, 아버지 어머니의 두 분 모두 임종 며칠 전 내 손을 잡고 흘리는 안타까움의 痛恨(통한)은 불효자의 미련한 돌 머리로는 상상이 가지도 않는다.

안타까움에 돌이켜 보면 어머니 소천 후 몇 달 동안을 주말 새벽녘이면 어김없이 달려가(일산-진천 140km) 산소 주변을 배회하며 회한(悔恨)의 눈물로 스스로 위로를 받기도 하였다.

어머니 아버지 떠나신 지 30-40년이 되었지만 나는 지금도 그분들이 겪은 헤아릴 수 없는 통한의 고통을 슬퍼하고 있다.

서양 속담에 "하나님이 곳곳에 있을 수 없어 대신 집집에 어머니를 만드셨다" 는 말처럼 어머니의 사랑은 세상에서 언제나 값지고 깊은 성스런 무한의 감동으로 우리에게 오고 있다.

내 나이 55쯤이 넘어서야 시신경의 적당한 퇴화로 약간의 통증 桎梏(질곡)에서 벗어나니 이제 니의 기여운 영혼의 청은 새싱 빈쪽민을 비추이며 그리움, 외로움, 안타까움, 슬픔, 비련, 한 등을 노래하는 pessimist로 전락시켜 버린다.

주변에서 왜 아직도 담배를 가까이 하는가의 질책이 올 때 마다, 그 옛날 무속의 매캐한 소나무 복숭아나무 연기의 효능을 떠 올리며, 나는 담배 연기가 내 가슴 속 상처투성이 옹이를 정화해 줄 것이라는 주술적 망상을 하기도 한다.
나는 평생 가느다란 금속 테 대신 뿔테의 넓은 안경을 고집하며 패션이 아닌 조금이나마 나의 시선을 감출 수 있어 참으로 편안함을 느끼기도 한다.

나의 나라는 시련을 위로라도 하듯 장애인 자동차란 표식을 해주고 적당한 편의를 주곤 하나 아직은 한사코 물린다.
주치의는 한사코 絶讀(절독)과 絶筆(절필)을 지시하며, 듣는 것만을 가까이 하라 하지만 끝내 그 지시는 무시되고 있기도 하다.
골프를 할 때나 당구를 할 때 동반자들은 자주 자세와 방향이 맞지 않는다고 지적을 해오기도 하지만 씨익 웃으며, 나만이 알고 있는 나의 멋쩍은 호흡을 폐부 깊숙이 감추어 버리고 만다. 그런데 어쩌랴 행운의 여신 Fortuna는 일찍이 홀인원의 행운을 주기도 했지.
습관적으로 티 그라운드에 올라서면 아무도 모르게 감각적으로 왼발을 1-2도 정도 삐딱하게, 아이언인 경우 3도 정도 삐딱하게 몸을 틀면 거의 목표지점으로 샷을 할 수 있다는 나름 감각을 갖고 있으나, 당구인 경우는 워낙 짧은 거리라 통용이 안 되는 슬픈 사연이 있기도 하다.

이 글을 읽는 아주 극소수의 4-5명을 제외한 지인, 가족 친지들은 무슨 일이었지? 하며 그 중 몇 명은 궁금증으로 필시 전화 해올 것이 분명하지만 대답은 "유클리드의 정의로 그것은 사고로 인한 실명이며, 공리는 장애인이 참이다"라는 매우 무식하게 간단한 설명만 해줄 수 있을 뿐이다.

겸연쩍게 위로 받을 일도 아니고, 부끄러운 일도 아니지만 속내는 부끄러움과 신체의 不調(부조)에서 오는 부끄러움으로 끝내는 말 못하는 평생 질곡의 늪을 허우적거렸음도 사실임을 告白한다.

나이 들어 한 평생 어리석음에서 빠져 나올 즈음, 신체의 장애는 나의 모든 게 아니고 단지 신체의 불편함이며, 정신과 영혼의 장애는 아니라는 꽤 근사한 답을 찾아내고, 정직하고 온전한 나의 참 이성으로 돌아오며 기만의 껍데기를 벗어 버리는 유쾌한 도전이기도 하다.

나는 파장이 유난히 심한 형광등 불빛에는 견디기 어려움을 평생 안고 살면서 늘 은은하고 좀 시린 달빛 같은 조명으로, 좋아하는 독서와 글쓰기를 몇 십분 정도는 허락 해주고, 청력만은 꽤 발달되어 미세한 소리까지 느끼며 편안한 음악을 즐기는 애써 밝음으로 일상을 보낸다.

지금도 불빛에서 오는 통증은 피할 수는 없으나 운명은 나를 어여삐

여김이 분명한 듯 반쪽의 밝은 광명을 베풀고 있으니, 나만이 누릴 수 있는 기쁨 가득한, 이 일이나 님지도록 감사하고 또 감사할 일이라 아니 하겠는가?

세상의 반쪽만을 바라보는 나의 영혼은 늘 그렇듯 모든 것이 소중하며 그 소중한 가치를 반의 自乘(자승)이 아닌 10의 거듭 제곱으로 늘려 우주 만물은 내게 언제나 에너지를 아끼지 않는다.

사실 지금의 나는 거듭 제곱의 기적에 감사하고 주변의 그 은총에 무한한 감사를 전하고 있는 중이다.

광활한 *한울 심연의 파노라마를 보면 그곳엔 분명 나를 내려 보며 운명의 궤도를 그려 주는 선한 이의 신화가 존재하리라 생각이 든다.

내 숙명과도 같은 질곡을 평생 지켜보는 교육자이신 나의 형은 평생 그 애잔함에 가끔은 말은 못하지만, 연민의 눈길이 내게 옴을 내 어찌 모를까마는 형님의 배려와 끊이지 않는 오랜 사랑을 나는 늘 감사하고 있다.

또한 단 한 번도 아는 척 없이, 애써 모른 척하는 내 食率(식솔. 가족)들의 망각의 자연스런 일상도 그 감사함을 또 무어라 할 수 있을지,,,,,

가슴 속 깊은 폐부에 단단히 감 추워 두었던 평생의 상처를 부끄럽게 글을 통해 告白 할 수 있는 용기는 아마도 마음속의 슬픔 대부분을 내려놓을 듯하다.

창피함과 부끄러움이 일생을 지배해 오던 한 맺힌 슬픔은 후련히 버리고 당당함으로 나를 드디어 구원하는 기적의 모습이고 싶다.

그 토록 애잔하였던 부모님의 통한도 이제는 무한한 사랑으로 가슴에 세기며, 광기로 어긋났던 허무함도 이무 일이 아니었음을 논증하며 살리라.

이 또한 내가 속한 대 자연 우주의 질서 중 일부라는 것을 自明(자명:Obvious)하게 깨닫고, 드디어 오랜 질곡에서 벗어나며 참담한 세월을 견디어 준 승리의 찬가는 당당히 내 것이 되어 Mros는 선한 내 편이 되었으리라.

승리의 찬가는 닫혔던 마음의 창을 살며시 열고 이내 원고지를 당기며, 애써 나는 밝게 웃으며 감춰진 진한 그리움과 못 다한 열망의 통증을 어느새 토해 내며 어린 아이처럼 밝고 슬기로운 인생을 明澄(명징)하려 한다.

*꼬꼬지: '아주 그 옛날'의 예쁜 말
*한울: '우주'의 우리말

5. 보이는 것이 어디 그뿐이랴

책을 읽는 동안 어느새 새벽 4시가 되어 주섬주섬 자리를 정리하고
청량하고 다소 추운 새벽 공기를 탐하기 위해 밖을 나선다.
하늘엔 무수한 작은 별들이 쏟아 질 듯 빼곡히 자리한 심연을 바라보
며 낮에 보지 못한 하늘의 파노라마를 볼 수 있었다.
보이는 것이 별들뿐이랴. 별들이 쏟아 내는 신화적 이야기들이 더 많
이 보일뿐이다.

그 별 중엔 몇 해 전 갑작스런 암 투쟁에서 완패하여 떠난 애닯은 친
구의 작은 별의 이야기도 끝내는 가슴 아픈 이야기중 하나가 되었다.
친구는 암 선고를 받자마자 주치의의 경고에도 한사코 시골 공기 좋
은 요양원에서 민간요법을 하겠다고 떠나더니 얼마 안 돼 하늘로 떠
난 고집불통의 신사중 헛 똑똑한 미련한 바보였다.
유난히 무덥고 긴 장마는 짜증을 더하며 온통 습기에 포위되어 불쾌
지수는 아마 최고로 치달으며 괴롭힌 2020년 7월의 변고였다.

나 역시 종류는 다르지만 이미 암이란 녀석하고 투쟁을 하며 칠 년째
정답게? 기거를 함께하며 주위에는 별로 얘기하지 않은 채 매일 매일
녀석과 게임을 벌이고 있다.
주사를, 방사선 치료를 할 때마다 왔던 그 고통은 참으로 기괴하고

역해서 말을 해서 무엇 하랴만,

쌀쌀한 가을 나부에서 떨어지는 잎새 하나하나 수분의 숨통이 끊겨 검붉게 변하듯 내 몸 어디선가에서 검붉은 피멍을 한 웅큼씩 쏟아 내는 이치와 별 다를 게 없어 보인다.

오년이 지나 주치의는 녀석들이 완전 철수를 안 하고 버티고 있으니 연장 치료를 감행하겠다고 했을 때 난 비로서 녀석들과 공생하기로 마음을 정하며 주치의의 처방에 의해 순응되고 있었다.(전체 과정에서 나의 친구인 의사 강익원 교수의 따뜻한 도움이 있기도 하였다. 실명을 밝히는 것은 그에 대한 나의 깊은 고마움의 표시이기도 하다.)

내 나이가 갖는 의미도 아직은 모른 채 거울을 볼 때마다 피부색이 조금씩 달라지며 주름은 하나 둘 깊어지는 원숙한 노인의 모습만은 분명 점점 갖춰지는 듯하다.

이렇듯 비로소 생명이 떨궈지는 길목에서 낙엽의 부스럭거리는 소리는 애닮은 이야기가 되어 그 소리를 들을 수 있으며 낙엽의 그 통증을 깨우칠 수 있게도 되었다.

생명이란 조물주의 創造論(창조론)에 의지하여 정신세계를 다듬어 오기도 하였지만 빅뱅에 의한 우주의 기원설로 대변되는 進化論(진화론)에 좀 더 심취되어 나는 우주의 미세한 별 먼지로 잉태되어 끊임없이 반복되는 원자의 재사용의 한 부품의 결정체에 지나지 않을 것이란, 아주 무거운 철학의 세계에 진입한 지 꽤 오래되어 나름 생명의 오묘한 과학적 논증을 피할 생각이 전혀 없는 것도 사실이 되었다.

하늘의 무수한 별들도 소멸하고 그 찌꺼기 먼지에 의해 다시 탄생과 죽음을 반복하며 이 땅의 무수한 생물과 심지어는 푸르른 녹색 잎사귀조차도 소멸하거나 생성되는 무한 반복의 역사를 지니고 있다고 생각한다.

나는 마을 뒷산에서 흐르는 작은 시냇물에서 생명의 찌꺼기들이 무수히 가득 차 있음을 보았다.
높은 곳 어디에선가 숨 멎었던 나무의 수액들, 허물 벗은 껍데기들, 아주 작은 생물들의 삶의 찌꺼기들이 모여 졸졸 흐르며 예까지 오는 동안 더 많은 생명의 허물들을 싣고 조금씩 아주 조금씩 시간을 축내며 *九泉(구천)강으로 흐르는 보이지 않는 역사를 본다.
흐르는 동안 어느 것에는 필요한 허물들을 나눠주며 조금씩 흐르는 시간은 몇 십 년을 지나 결국은 모든 것을 九泉에 도달케 하는 얄미운 전령인 셈이다.

그렇다고 죽음을 경멸하지도, 슬퍼하지도 않으며, 그 또한 자연 질서의 의지이니 나 또한 육신과 영혼은 우주적 자연의 일부이며, 자연의 신성한 질서를 따르며, 자연의 巡行(순행)을 이해하며, 자연에 일치하여 *개맹이 살아가는 것이리라.

이렇듯 보이는 것만이 보이는 것이 아니고, 작은 시냇물 속의 보이지 않는 것도, 우리 눈에는 비추지 않을 뿐이란 사실이다.

*九泉(구천)황천: 죽은 몸(魄백)들이 가는 땅속 깊은 지하
*개맹이: '바른 기운이나 정신'의 예쁜 말

6. 가을비는 내리는데

가을 비 따라 주렁주렁 불그레한 감처럼 그리움도 함께 다가온다. 선선한 바람살도 앞 다퉈 가을비와 앞서거니 하며 뜨거웠던 그 여름을 물리고 내게로 다가와 속살을 헤집는다.

압구정동에서 25년, 일산에서 20년을 살다 파주 이곳으로 이사 온 것이 정확히 3년이 되었다.

서툰 결정으로 많은 자산의 손실을 입었다고 주변의 어리버기가 되기도 하였지만, 한편 나는 이곳 논두렁 밭두렁이 갖는 의미를, 좀 더 애써 긍정의 언어로 말하면 시골의 편안한 일상이 잃은 것보다 넘치고도 넘침을 깨닫는 自嘲(자조)의 英敏(영민)한 계산법으로, 도시에서 하지 못한 나의 집필 활동은 2년째 계속 이어져 제3집의 탈고를 거의 끝내고 있는 나는 진즉에 이런 결단을 못한 것을 거꾸로 후회를 하며 참 바보 같은 自慰(자위)를 하기도 한다.

한가한 주말 오후 큰 우산을 받쳐 들고 논두렁길을 걸으며 나는 많은 것을 유년시절 이후 참 오랜만에 목도하였다.

그곳엔 물에 잠긴 벼 포기들 사이에 부평초며 작은 개구리, 물속의 작은 수많은 생명들이 마을을 이루며 가을비 물결의 촉촉한 기운을 받아 그 물속에서 유영하며 작은 우주를 만들어 내고 있지 않은가?

그 뿐인가?

가을비 작은 물방울은 아잇적 임마의 포근한 울림으로 내게 다가와 감싸 안아주며 그 시절 고향을 상상케 하니 그리움은 이내 鄕愁(향수)로 변해 버리고 만다.

한 동안 물끄러미 바라보며 흘려보낸 도시의 애잔한 연민이 회색빛이 되어 가슴 구석구석 비추이는 모습에 깜짝 놀라 발걸음을 움직인다.

옷깃 사이로 파고든 가을비의 잔상은 분명 흘려보낸 애잔한 삶의 그리움을 슬퍼하고 있다.

붉은 흙탕물이 흐르는 수양버들 가지 늘어진 공릉천에 다다라 나는 그 흙탕물속을 보며 슬픔과 애잔한 마음을 한껏 뿌리쳐 떠나보내며 비로소 이곳이 안식처임을 노래한다.

강물은 주마등이 되어 빠르게 지난 세월을 보이더니 이내 평온한 이곳으로 나래를 퍼 득이고 있다.

그리고 이 비가 그치면 계절은 더 빨리 달려오고 그 사이 달력은 더욱 빠르게 재촉하며 세월을 채근할 터이다.

기껏 찾아 올 것 같은 세월은 앞으로 10여 년, 가을비 10번의 數(수)가 나에게 전하는 함의는, 오늘 한 번의 가을비를 그대로 떠나보낼 수는 없을 것 같은 절박함으로, 곁에 두고 따져 묻고 그 그리움의 깊은 골을 찾아 떠나보내고 싶다.

이 가을비 속에 두 눈을 감고 그리운 사람들을 떠 올리며 그 길목에

서서 추억 해 본다.

하늘은 온통 빛을 막아선 구름으로 뒤덮어 가을비만이 추적추적 내게로 와 지나간 소홀한 삶의 궤적들을 안타까움으로 질타하고 오늘을 슬퍼하고 있지만, 나의 이런 보잘 것 없는 연민은 두 번째의 가을비가 올 때 쯤 4집이 脫稿(탈고) 되는 *시나브로의 기적도 오리라.

지난 세월을 안타까움이라 부르지 말고 참으로 예뻤다고 포장하여 기억하기로 하자.

그 예쁜 기억의 흔적들이 예쁜 그리움으로 환하게 닿을 때 나는 소스라치게 오는 세월을 찬미하리라.

가을비의 그리움은 새로운 사색으로 아름답게 가을 국화 香(향)과 *愡(쇄)를 키워내며, 그 그리움이 훗날 내 폐부 깊숙한 곳에 봄꽃을 활짝 피울 수 있기를 나는 기다리고 있겠다.

*愡(쇄): 꽃술
*시나브로: '모르는 사이에 조금씩. 살금 살금'의 예쁜 우리말

7. 무엇을 가져갈까?

어머니에서 잉태되어 자궁 점막을 뚫고 세상에 나와 울음 한번 크게 울고 어미 젖 물고 세상 구경하며, 나는 진즉에 그때부터 세상의 외로움과 그리움이란 시리고 부드러운, 그러나 좀은 슬픔과 함께 육신을 채찍하며 살아 갈 것이란 불길한 예측이 이미 예비 되었던 모양이다.

인간을 포함하여 모든 생명의 탄생은 신비와 기적으로 이루어져 그 깊이도 가늠 할 수 없는 경이로운 대사건이 분명하지만, 나는 일생동안 얼마나 많은 고난의 외로움과 그리움을 숙명적으로 품고 사투를 벌이며 살아 갈 것인가?

보이지 않는 먼지의 인자는 모태가 10달 동안 베풀어 주는 산소와 에너지 25개의 원소의 보살핌으로 살을 붙이고 뼈를 늘리고 피를 만들어 아주 작은 한 덩이의 객체가 되어 모태의 살을 찢어 내는 산고 후에 세상을 만난다.

세상에 나와 제일 먼저 얻은 것이 부드러운 명주 배냇저고리 하나 얻어 걸치고, 제일 먼저 한 일은 엄마 젖을 마음껏 먹는 일이다.

내가 생명을 얻은, 봄기운이 따사로운 2월의 계절은, 민물이 동토의 두꺼운 찬 기운을 뚫고 파릇한 새 움을 틔우며 곧 있을 찬연한 萬化方

暢(만화방창)의 향연과 綠陰芳草(녹음방초)의 향연을 준비하는 거룩한 각자 부여된 삶이 시작되는 지점이기도 하다.

어버이 날 낳아 극진한 모성과 부성으로 德(덕을 가르치고), 長(장:자라게 하고), 育(육;양육하고), 亭(정:보호하고), 毒(독;고쳐 주고), 養(양:먹여 주고), 覆(복:입혀 주고), 之로 기르시어 등골 다 빼 먹고 장성하니 그 부모님은 빈 쭉정이로 쇠잔하여 분신 몇 남겨 놓고, 路資(노자) 돈 엽전 한 닢 마저 방구석에 땡그러니 남겨 놓고 빈 몸으로 먼 길 이별하신다.

장성하여 나의 부모님이 그러하였듯,
나 또한 새로운 생명을 탄생시켜 내 보석으로 다듬고, 자식을 삶의 전부로 받아 들여 행복하고, 귀한 생명으로 보살피어 키우고 장성케 하였지만,
나는 이제야 철이 들어도 나의 부모님, 특히 어머니의 한량없는 무조건적 심오한 사랑의 권위를 존경하거나 효도해 본적도 없이,
결국은 기실 외롭고 쓸쓸한 노인이 되어 갈 때, 비로소 속속 부모님의 무한의 속 깊은 사랑을 그리워하며 후회를 하고 만다.
어머니의 사랑을 다 이해할 수도 없으며, 나를 위해 흘린 따듯한 눈물을 기억하기도 어렵고 언제나 나를 받아 주시던 대가 없는 참 사랑을 해거름 인생이 되어 비로소 깨닫기 시작하였다.

살아간다는 인생은 주변의 가까운 친구들과 혈육들이 어울리고 이웃들과 어울려 마음을 나누며, 내 육신의 노동으로 필요한 재물을 취득

하여 온전한 삶을 위해 그 재물을 규범에 맞게 사용함을 이른다.

그러나 닿지 않을 과한 탐욕과 욕망으로 세월을 보내는 바보의 걸밀은 허무하고, 오욕으로 치닫는 줄 모르고 자기 연민에 빠지기 일쑤이다.

그럼에도 끝내 떨쳐 버리지 못하는 미련은 외로움과 서글픔이 되어 세월이 거듭할수록 점점 그 크기를 더할 뿐이다.

내 부모님이 그러하였듯 나 또한 空手來空手去(공수래공수거)를 피할 묘책이 있기나 했던가?

어느 부자가 저승에 갈 노자 돈이 필요했었나?

제 한 몸 누울 값 비싼 관이 필요하기나 했나?

명주 저고리 대신 거친 삼베 옷 하나 필요한 것을...........

지금 막 세상에 온 아기처럼 *사시랑이 벌거벗은 맨 몸인 것을 ......
......

빈 몸으로 와 이것저것 모두 해 보고 빈 몸으로 간들 손해 볼 것도 없으니 어차피 다 내려놓고 가기로 하자.

어차피 해 너미 석양 마루에서부터는 모두가 공평한 세상 아니던가?

고운 하얀 재의 여정에 그냥 아쉬워하는 눈물 몇 방울만 얻어 갈 뿐이라는 것을 기억하기로 하자.

어딘가에 계실 부모님의 분산을 찾아 갈 여행 준비를 하여 보자.

이제 질곡에서 헤어나 운명처럼 덕지덕지 따라다니는 그리움과 연민은 순결한 가슴으로 품어 삭이고, 시와 음악은 나의 일상이 되어 지금을 사랑하며......

"당신은 시체를 짊어진 가여운 영혼일 뿐이라"

(Epictetus AD50년 Stoa 로마 노예 출신 철학자)

*사시랑이: '야위고 힘없는 사람'의 우리말

8. 數가 내게 전해 주는 함의는?

0123456789 X Y Z 좌표, 시공간의 세상 모든 것이 움직인다.

내게 온 수는 7과5를 지나며 맹렬하게 8과5를 향해 남은 예비 가능한 10을 소진하며 움직인다.

뜨거웠던 이 여름은 9번만을 남기고, 가고 있는 이 가을은 9.5가 남은 듯하다.

다가오는 이번 겨울은 10을 준비 한다.

X Y Z 좌표는 *옛살비 땅 진천에서 금호동, 성수동, 압구정동과 일산으로 옮기고 지금의 X Y Z 좌표는 점에서 점으로 이동하는 선분은 비로소 멈추어 쉼표를 이곳 파주의 한적한 시골에 찍는다.

10이 모두 소진이 되면 분명 X Y Z 좌표는 모두가 아쉬워하는 회색빛 콘크리트 건물로, 그 다음 X Y Z 시공간 좌표는 3일 후 정확히 九泉강, 九天강 기슭이리라.

우리 모두의 삶은 조금씩 아주 조금씩 九泉으로 향해 결국은 죽음을 맞이할 것이란 사실은 알지만, 정작 자기의 죽음은 애써 외면한다.

애써 외면한 죽음의 두려움은 우리를 신앙으로 무장(?)시키며, 믿는 절대자 뒤에 자신을 숨겨 이 엄연한 숙명을 거부하며 영생을 꿈꾼다.

기실은 숙명을 거부하는 것은 창조주의 창조 질서와 우주의 자연 질서를 부인하는 것이나 다름이 없기도 하다.

만약 죽음을 진심으로 외면하지 않는다면 우리는 지금과 같은 욕망과 탄식으로 더럽혀 지는 삶은 절대 아닐 것이다.

생의 끝자락에서 겪을 질병과 죽음의 Aporia, 즉 막다른 죽음의 길목에서 해결 못 할 난제는 얼마나 많을까?

내 눈에 보이거나 보이지 않는 세상의 본질은 무엇일까?

나 자신의 육체와 정신의 본질은 무엇인가?

거대한 우주의 극히 작은 일부분인 나 자신은 서로 어떻게 관련되어 있는가?

이러한 의문들을 항상 마음속에 간직하자.

우주의 모든 사물의 본질은 원자로 이루어진 유기체 또는 무기체이며, 결국에는 화학적 부패이며 분산이다. 그리고 원자의 결합이며, 전자기력이다. 그리고 내 자신이 그 일부분을 이루고 있는 자연에 일치하는 본질이다.

결국 나는 시공간에서 세상의 장막 속에 잠깐 머물다 가는 나그네인 길손일 뿐이다. 그러니 어느 시인이 "나 하늘로 돌아가리라" 하며 자유와 평화를 외치는 그 노래야 말로 내 본질에 충실한 것임이 더욱 명백해졌다.

비우고 또 비우며 그 자리에 마음의 평화를 가득 담고, 커다란 욕심 소소한 욕심 모두 버리고, 원망 미움의 많은 짐을 가볍게 하는 용기 있는 지혜를 갖고 싶다.

數가 내게 전해주는 含意(함의)는 얼마 남지 않는 여정을 한가롭게 탄식 속에 절망이나 해서야 되겠는가? 라는 큰 叱責(질책)으로 다가온다.

지나온 무수한 수를 되짚으며 반성하고, 남은 10의 여정을 아름다운 흔적으로 Aporia를 생각하며 준비하리라.

육체의 衰落(쇠락)이 아닌 또 다른 남은 세월만큼의 성장을 위해, 번뇌를 당장 끝내고 음습한 골짜기에서 헤어나 밝은 내일을 영접하길 채근하고 있다.

* 옛살비: '고향'의 예쁜 말

9. 코로나의 난동

가족 친지들의 모임에서 약간의 술과 함께 주말을 보내며, 밤새 뒤척이며 온갖 망상을 한 뒤 일어나 보니 몸이 많이 힘들고 지친 것 같다.

혹시나 하여 아내와 함께 병원을 찾아 코로나 검사를 한다.

결과는 아내가 감염되어 서둘러 약과 함께 귀가 후 격리를 하고 출근을 재촉하였다.

온 종일 코로나에 감염된 아내 걱정이 앞서 서둘러 퇴근하였지만 별로 할 일 없이 그저 체온이 어떠냐는 질문 정도뿐이랴.

이튿날 아침 출근길에 혹시나 하여 병원을 재방문하여 검사한 결과 이번엔 빨간 줄이 선명하게 두 줄로 나타나는 게 아닌가?

망연자실 출근을 포기하고 귀가 후 곰곰이 되짚어 보며 일주일의 격리 기간 중 업무 처리 요량과 실로 평생 처음으로 찾아온 칠일 간의 강제적 자유로운 휴가?를 어떻게 보내야 할까?

아직 이렇게 많은 시간을 가져 보지 못한 나는 이런 일에 익숙하지 않아 어설프기까지 하다.

친구 위로 전화에 조금 아프고 불편한 것이 무슨 대수인가?

참으로 칠일간의 흥미로운 자유는 내게 더 할 수 없는 시간이 될 것 같다는 이야기를 하고 결국 오후부터는 컴퓨터를 마주하고 시간에 쫓기던 아직 완성되지 못한 글에 매달리기 시작했다.

사스와 메르스의 공포를 지나 새로운 바이러스 코로나는 변이를 거듭하며 진화하는 바이러스는 3년 전부터 전 세계를 휩쓸며 중세 페스트의 위력을 뛰어 넘어 모든 분야에 영향력을 과시하고 있다.

산업 현장의 기계들은 멈추기 시작하고, 화물을 실은 대양의 배들은 항구에 멈추고, 하늘 길도 멈추더니, 물가는 치솟고, 세계의 위정자들은 포플리즘으로 돈을 마구마구 풀어 내 금융 질서는 마침내 환율의 비정상적 왜곡과 금리의 급격한 상승을 일으켜 세계의 경제를 아비규환으로 내딛는 스태그플레션이 도래한 현재 영끌의 부동산은 곤두박질치며 곳곳의 아우성이 들리는 참으로 기가 막인 딱한 시절이다.

코로나는 이제 우리와 함께하는 감기나 독감처럼 토착화 될 것으로 지독하게 공포로 올 수도, 아니면 지나가는 감기가 될 수도 있지만 많은 변화를 일으킨 현재, 지금까지 익히 습관되던 질서들은 하나 둘 사라지고 교육. 경제, 금융, 문화 예술, 국방, 안보 등 각 분야의 세계적 뉴 노멀 시대가 도래하고 있음을 예고하고 있다.

코로나는 우리에게 칠일간의 휴가를 얻게 하고, 정부 곳간의 얼마간의 돈을 얻게 하고, 수당과 일당을 주니 일을 안 해도 취업 의욕이 없고, 취업한 자들은 일손이 귀하니 임금이 하늘 높은 줄 몰라 높은 임금을 얻고,,,,,,,,

한 편으로는 공장마다 기계는 멈추고, 물류시스템은 붕괴되어 원자재는 하늘 높은 줄 모르고 뛰어 오르며, 물가는 춤을 추니, 오랜만에 마주한 스태그플레이션이라, 환율은 최고치로 뛰고, 금리 또한 이미 몇 배나 되는지, 소비는 줄어들고, 참으로 뉴 노멀의 경제적 고통은 이제 시작되는구나.

오늘은 목과 머리가 심한 듯 아프다.
잘 정비된 질병 당국의 각종 지시 사항과 설문들을 챙기며 국가를 생각 해 본다.
당장이야 도움을 받아 좋지만, 모든 것이 국가에 의해 통제되는 지금 지난 정권을 떠 올리면, 마냥 좋아만 할 수 없는 이념적 정체성도 의심이 되곤 한다.
거대한 불법적인 통제 되지 않는 노조는 상존하고 있고, 경제의 동반 자인 미국, 일본은 반미, 반일 세력에 의해 연일 죽창가를 부르고 있으니 외환의 통화 스왑은 멀기만 하고 경제는 회생될 줄 모르며, 세계 또한 고통의 나락으로 떨어지고 있다.
주거문제, 민생문제 등 여든 야든 정치인 입에선 국가가 일일이 책임을 져야 한다니, 모든 것이 국가주의로 이는 결코 자유민주주의의 시장경제체재는 아닌 게 분명하다.

9월 셋째 토요일 아침 서둘러 허기를 물리고 사무실에 7시에 도착한다.
마당에는 벌써 대형 화물차 3대와 중장비가 나를 맞는다.
작지 않은 큰 공장 내부를 둘러보니 휑한 바람이 한 차례 쓸고 가며 낯설은 작업 인부들의 공구 소리가 들리기 시작한다.

10여 년을 함께 하며 빠르게 한 공정을 처리 해 주던 자동화 기계는 늘 보살피던 지원이 떠나고, 방치된 지 6개월 만에 새로운 주인과 같이 할 사람 곁으로 이사 가는 중이다.

구인난과 고임금의 덫에 걸려 더는 힘을 못 쓰는 안타까운 기계가 되어 이제 내 곁을 싸구려로 떠나게 되니 어찌 쓸쓸함이 없겠는가?
내게 올 때 몇 억의 고가로 공장을 차지하더니 코로나의 진저리에 더 이상은 못 버티고 이렇게 떠나보내는 쓸쓸함이다.
쇠잔해서 보내는 것도 아니고, 새로운 것을 탐해서도 아니니 앞으로 일은 누가 해주나?

몇 년 동안 임금은 하늘 높은 줄 모르며, 주 40시간, 토요일 휴무, 연차 15일, 국경일 휴무, 대체 공휴일, 연차 휴일 등 365일 중 133일 휴일, 무려 36%가 휴일이며, 코로나와 해상 물류의 공급망 미해결, 수입 원자재와 에너지의 가격 폭등, 환율의 30% 이상 급등, 금리의 연속 점프,,,,,,,,,
그냥 어리둥절이 아니고,
모든 것이 살인적으로 빠르게 변한다.
분명한 것은 코로나 이후 New normal 시대가 왔으니 이에 맞는 국가 사회 제도의 변화가 뒤따르며, 모든 이는 직면한 새 시대를 맞을 운명인 것이다.

보기 싫어 사무실 내 방으로 들어와 딴청 부리며, 나와 함께한 39년

의 공장을 되짚으며 깊은 상념에 빠져 그 세월의 커피 한 잔을 청한
다.
오늘따라 믹스 커피향이 유난이 향기롭게 다가옴은 새로운 내일의
계획들이, 새로운 내일이 희망이기 때문인가 보다.

10. 친구에게

이곳은 너무나 평화롭고 아름다운 영월 동강 주변 어느 작은 여인숙을 찾아 들었네.

일반 도로로 작은 차를 운전하며 많은 것들이 가을의 계절을 완성시켜가는 풍경에 넋을 잃고 쉬고 하기를 반복하며 하루 꼬박 걸리며, 보고 싶었던 것들을 많이도 보고 휴게소란 휴게소는 모두 들려 쉬엄쉬엄 왔다네.

몸은 긴 세월을 견디어 이제는 꽤나 많이 쇠약해 졌으며, 완전한 노인의 모습으로 변해 가고 있다는 사실을 일찍이 눈치 채고는 있었지만, 여행하는 동안 눈치 챈 정도 이상의 쇠약한 것을 느끼기도 하였네.

우리가 알고 있듯이 삶이 자연스런 것처럼, 죽음을 향해 하루하루 시간과 나의 찌꺼기들을 내어 주는 일도 무척 자연스런 일이라는 것을 알고 있네.

그것은 곧 변치 않는 자연의 정직함일 것이네.

병들거나 늙거나 죽어 간다는 것에 호들갑을 떠는 것은 스스로를 자연의 일부로 보지 않고 부정할 때 오는 연민(憐愍)의 슬픔 때문일 것이네.

결국 우리의 숙명을 받아들이고, 서서히 꺼져 가면서도 평화로울 수 있다면, 삶에서 진짜 어려운 일도 아마 없을 것 같네.

우리가 서로 사랑하고 그 사랑의 감정을 기억 할 수 있는 한, 사람들의 마음속에서 잊혀 지지 않고 우리는 숙명에 따를 수 있을 것 같네.

우리가 가꾸던 사랑과 흔적들이 모든 사람들의 마음속에 고스란히 남아 있어 영혼은 항상 함께 할 수 있다는 것일세.

죽음 그 자연 현상을 신앙이나 절대자의 권력 뒤에 숨어 피하려 애쓰거나, 면죄부나 천국행 티켓에 유혹을 받지는 말게나.

그렇다고 영혼을 맑게 하고 세상과 나를 정화하며, 삶의 태도를 착하고 아름답게 하는 천국과 영생을 꿈꾸는 신앙을 모욕하는 것은 절대 아니네.

걱정하지 말게나,

우리는 어차피 우리의 형체는 사라져 가도 지녔던 본질은 언제나 그대로임을 잊지 말게나.

때로는 그것을 靈魂(영혼), 또는 靈覺(영각)이라 부르기도 하지 않는가?

그리고 그것은 원자의 分散(분산)이라 하지 않는가?

나는 세상에 흐르는 에너지의 양은 항상 일정하여 누가 죽음을 맞이하면 또 다른 생명이 그 에너지를 얻어 세상에 나타나는 자연 이치를 말하고자 함이네.

지난여름 넓은 동해 바다 파도를 보았나?

파도가 밀려오고 밀려 나가며 앞선 파도는 흔적도 없이 사라지네.

그 이유를 아시는가?

그것은 파노가 넓은 바다 속 자연의 일부이었기 때문일세.

하늘에 떠 있는 뭉게구름과 먹구름도 어느 날 갑자기 소나기로 변해 땅으로 향했다가 또 다시 뭉게구름이나 먹구름으로 다시 피어 돌아온다네.

그것은 구름이나 소나기도 대기 속 자연의 일부이기 때문일세.

그것 뿐인가?

우리가 살고 있는 이 거대한 콘크리트 아파트, 빌딩도 얼마간 시간이 흐르면 결국은 부스러기가 되어 자연으로 돌아가지 않는가?

이는 카톨릭교도든 기독교도든, 이슬람교도든, 유대교도든, 조로아스터교도든, 절대자 하나님이 창조한 자연 질서라 부르기도 하지.

또한 主軸시대(주축시대 Axial age BC 800-BC 200 春秋戰國時代)의 서양 사상가 피타고라스, 아낙스, 탈레스, 소크라테스, 플라톤, 아리스토탈레스 등, 인도의 불교 붓다(석가모니), 중국의 춘추전국시대 諸子百家(제자백가)의 노자, 공자, 맹자, 장자 등 사상가들이 출현하여 현재의 인류 기본 사상을 모두 만들어 놓은 한결 같은 공통점은 세상의 현상과 본질로 구분하여, 본질을 파악하는 힘을 가르치고 있지 않은가?

인류의 스승들 모두가 세상엔 없다네, 아-- 예수님마저(재림의 기적을 기다리며)--

본질이란 무엇인가? 쉽게 자연의 질서라 부르지.

병원에서 죽음을 맞이한 시신을 흰 천으로 씌워 지하실로 옮기는 장면을 보았나? 그것은 우리의 죽음을 부정하고, 우리들 가슴 속에 있는 연민의 수치심을 외면하느라 내 눈 앞에서 옮겨 사라질뿐이라는 사실을 생각해 보았나?

그건 자연 현상의 장면이 아니고 우리 마음속의 죽음에 대한 두려움이 반응한 결과일지도 모르지.

회사 옆의 커다란 공동묘지를 가끔 한 바퀴 산책할 때마다 孤魂(고혼)들이 내게 전하는 외침이 무엇인줄 아시나?

한 줄기 바람결에 들리는 소리는, 남은 시간 세상 아름다운 것만을 담아 영혼을 살찌우고, 남는 자들에게 자연의 이치를, 위로와 용기의 노래를 들려주라는군.

아, 참 잊은 것이 있네.

요즈음 우리 오색 천과 紙花(지화)로 꾸민 상여(喪輿) 모습을 본 적 있었나? 向導꾼(향도꾼) 요량의 앞소리 장단에 맞춰 상여를 멘 뒷소리 상두꾼의 만가(輓歌)를 요즈음 들어 본적이 있나? 상여의 만가는 北邙山(북망산), 혹은 九泉(구천)강으로 가는 슬픔이기도 하지만, 뒤따르는 남은 자들의 수많은 만장(輓章) 행렬은 축제이기도 하지.

죽음을 말할 때 우리는 보통 항상 3인칭으로 말하며 1, 2인칭은 외면하며 곧잘 숨어 버리고 은폐하곤 하지.

2인칭의 죽음에는 매우 슬프며 불타는 고통으로 다가오질 않나?

1인칭인 나의 죽음은 아직 경험해 보지는 못했지만, 매우 슬프고 허무하며 기실 외로울 걸세.

우리는 시공간에서 삶과 죽음을 이야기하며 自我와 他我(자아와 타아)를 사색하며 아름다운 삶을 이야기하며 살고 있는 우리는 참 좋은 친구이기도 하네.

그러니 우리 너무 모질게 살지 말아야겠지.
너무 많은 것을 가지고 있어도 이 나이에 무슨 소용이 있겠나?(일본 말로 "노고스" 남는 것이라 하기도 하지) 미움도 버리고 욕심도 버리고 한 줌도 안 되는 잘난 척도 버리고 살아야 되겠지.
남은 시간이 얼마나 된다고 슬프고, 마음 아픈 무거운 짐을 지고 가겠나? 아무리 발버둥 쳐도 닥쳐오고야 말 그 시간이 멀지 않으니, 옛 일들일랑 모두 잊고 좋은 기억만 담아 가기로 하세.
이제라도 사랑하고 기쁨을 나누며 소년 소녀 시절의 순수하고 해 맑은 웃음을 늘 간직하면서 영롱한 새벽이슬처럼 반짝반짝 빛을 내는 아이가 되고 싶네 그려. 나 자연으로 돌아갈 때 고요한 호수(靜潭, 정담)의 잔잔한 좋은 기억이면 좋겠다.
헬레니즘 Stoa 철학자 Aurelius의, 자연의 신성한 목적을 이해하고 자연에 일치하여, 자연에 따라 살아 갈 뿐이라는 충고가 와 닿기도 한다네.
우리의 기나긴 삶과 霎時(삽시)의 죽음도 매우 자연스런 자연의 일부가 아닐까, 생각하네.

사랑하는 친구 ○○○!!!!!
친구의 아름답고 고귀한 삶의 태도를 나는 매우 존경하고 있다네.

친구의 진실한 우정과 과분한 사랑, 참으로 그대가 있어 행복하다네. 우리가 잠시 후, 피할 수 없이 맛을 영원한 이별 또한 아름답고 고귀하길 염원하며, 지금까지 같이 할 수 있었던 모든 것을 감동스럽게 추억한다네. 그러니 앞으로 얼마 안 되는 남은 여정 또한 이 얼마나 감동스럽고 흥미롭겠나?

끝으로 너나들이 친구의 無窮無盡(무궁무진)한 평안을 빌겠네, 그리고 무탈하게 오래오래 사시길 진심으로 바라네.
아 참, 이건 진심이 못되네.
그것은 자연을 거스르지 못할 것을 뻔히 알면서 하는 말이니.....
차라리 이 말로 인사를 하는 편이 더 진심일 것 같네.
남은 여정 웃으며, 유쾌하게, 식사 잘 하고, 건강하게, 가족들과 행복하게 지내시게, 그리고 우리 어쩌다 만나 쓴 소주 쓴 커피 한 잔 하며..........
(존경하는 친구, 그 이름들은 나의 폐부 깊은 곳에 자리하고 있다네.)

2022. 10. 23.

靜潭　김 흥 천

11. 어설픈 가을 여행

자동차에 시동을 걸고 붉은 노을 길을 재촉하여 교외로 빠져 나오니 온산은 예쁜 형형색색 고운 빛깔로 내게 다가오다 이내 뒤로 물리기를 반복하며 산과 계곡을 지나쳐 춘천의 커다란 호수 길을 감아 돌고 있다.

드높은 가을 하늘은 구름 한 점 없는 호수의 거울처럼 명경이 나를 끝 모를 곳으로 들어 올려 실오라기 한 점 없는 나신을 속속 비추이며 지나간 여름의 일들을 들추어낸다.
옆 자리에 앉은 아내는 안전 운전을 강조하며 시끄럽게? 잔소리를 계속 해대며 전방주시 주의를 잊지 않고 경고를 수없이 반복한다.

여행은 본시 자연과 일체가 되어 느끼며, 자연 그 질서 속에서 진리와 이상을 꿈꾸는 시간으로, 시끄러움보단 고독한 시간이 제격일 듯하다.
혼자의 고독한 시간을 계획 하였다가, 좀처럼 외출의 기회를 갖지 못하는 아내 생각과, 집에서 걱정하고 있을 시간을 함께 하는 것도 또다른 사랑의 의미가 있을 것 같아 동행을 제안하여 허락(?)을 받았다.

물과 산들로 쌓인 젊은이들의 성지 그 시절 춘천은, 지금도 아늑하고 포근한 여행객을 맞아 주는 변함없는 운치와 낭만을 자랑하는 四時 長春(사시장춘)이 春園(춘원)이라 仙境(선경)임에는 틀림없다.

玉水의 깊은 물길에 비춰지는 단풍 역시 춤을 추며, 다가올 겨울을 예비하듯 시리고 차가운 물빛으로 다가온다.

길가에 흩날리는 낙엽을 밟으며 소스라치는 그 소리에 떠나올 때의 마음을 떠 올리며 가슴속에 가득 찬 미련한 마음이랑, 소소한 욕망들 을 이 가을에 모두 버리고 비우기로 한 생각을 상기하기도 한다.

춘천에 사는 오래된 지인인 경숙이 누님께 연락을 할까도 하였지만 손자들 보살필 사정이 떠올라 그만 두기로 하였다.

커다란 구상나무 몇 그루의 멋진 풍경이 펼쳐진 언덕의 60년 된 작은 호텔을 찾아 배낭을 풀고 허름한 식당을 찾아 허기를 채운다.

우리나라처럼 전국 곳곳에 도로가 잘 정비된 나라도 흔치 않을 듯, 모든 도로는 고속화 되어 단번에 목적지를 도달하게 하는 마법이 싫 어 아침 일찍 숙소를 빠져나와 10여 년 전에 가본 곰배령으로 마음 을 정하고 옛날 도로를 달려본다.

아뿔싸 계획은 물거품이 되어 어느새 길 안내는 우려했던 것이 현실 이 되는 그 길이 아닌 새로운 고속화 도로가 아닌가?

어쩌겠는가? 되돌릴 수 없는 길이니 내친 김에 동해안으로 내닫자.

참으로 십 년 만에 먼 길 떠나게 되었군.

스쳐가는 산야의 짙은 단풍은 하늬바람을 기억하듯 우수수 떨어지며 겨울 채비에 여념이 없는 듯하다.

들판의 가을걷이는 누런 벼 뿌리만 남긴 채 휑한 모습으로 농부들의 한여름 뙤약볕의 땀방울이 얼룩져 있는 그 그루디기만 덩그러니 점점이 있을 뿐이다.

차는 어느덧 미시령의 새로 만들어진 터널을 정신없이 달려 출구로 나오니 설악의 웅장한 붉은 산세와 멀리 수평선이 하늘과 맞닿은 채 넘실대는 바다가 보이지 않는가?

참으로 기분이 몽롱하여 빠져드는 이 기분은 내가 진즉에 자연과 物我一體(물아일체)가 되기를 소망한 그 지점과 맞닿은 듯하다.

한 여름 낭만의 젊은 피서객들이 한바탕 휩쓸고 간 텅 빈 *하슬라 경포 해수욕장 모래 위를 걸으며 밀려오고 밀려가는 파도를 한없이 바라보며 억겁의 세월 동안 쉬지 않고 일렁이는 바다 에너지의 신비한 우주의 중력을 되뇌이며 내가 밟고 서 있는 헤아릴 수 없는 모래 알갱이들 또한 억겁 역사의 증거라 생각이 든다.

바짓가랑이를 걷어 올리고 달려오는 파도에 적시며, 바다 깊고 깊은 한없이 넓은 가슴에 품은 수많은 생명들을 생각하며 포구 수산시장으로 발길을 옮겨 많은 사람들의 아우성을 보았다.

내친김에 자동차는 어느새 동해안 해안 도로를 따라 삼척 해변과 동해의 1함대 사령부를 지나고 있다.

잠시 쉬기 위해 옥계 해수욕장에 진입하니 따스한 볕과 바다바람으로 온몸을 씻어 내리며, 담배 한 모금으로 바다를 보며 곧 닥칠 겨울 바다를 상상해 보기도 한다.

태초에 이 바다도 용광로처럼 이글거리며, 오랜 시간이 걸려 산소를 품은 지금의 바다가 되어 수많은 생명을 잉태하고 품어 풍요를 주지 않았던가?

아내에게 커피 한잔을 제안하였지만 몇천 원이나 하는 값에 거절당하고, 이내 차 머리는 울진을 향해 거침없이 내 닫고 있지만 한편으로는 내심 너무 멀리 와 버리지나 않았나? 되돌아갈 길이 만만할 것 같지 않아 걱정이지만 어쩌랴 이런 먼 여행이 어쩌면 마지막일지도 모르니 그냥 가보자며 다짐한다.

우리의 국토는 8,750여 개의 산으로, 국토 약 72%가 산악으로 이루어진 산악 국가의 형태는 울진으로 갈수록 그 산세는 세력을 더 하는 듯하다. 바다와 하늘이 맞닿은 수평선과 *저녁뜸은 참으로 마음을 편히 쉬게 해준다. 삼십년 전에 와 봤던 땅속 깊은 마그마가 내어준 덕구온천에서 하루의 피로를 풀며, 참으로 이번 여행의 무모함과 이설픈 가을 여행은 반환점에 다다른다.

아침 일찍 차는 내륙 봉화의 소금강 佛影계곡(불영 계곡: 부처님의 그림자)을 향해 달리기를 한 시간 걸려 아름답고 신비한 깊은 계곡을 보며 옛길이 아닌 역시 잘 만들어진 자동차 전용 도로로 힘 안 들이고 다다르며, 영주 풍기의 소백산 죽령에 이르러 잠시 휴식을 취하며, 험준한 산세의 옛날 선비들이 한양으로 넘나들던 풍운의 꿈도 기억 해 보기도 한다.

국도를 달려 단양에 도착하니 시가지 앞의 큰 *가람줄기 주변의 코스

모스가 유난이 따사한 햇살과 어울려 여행객을 반기어 사진 몇 장 찍고, 제천에서 이른 점심을 하고 주말 밀려드는 귀경차량을 피해 호법을 거쳐 일찍이 귀가하였다.

도착하여 주행 거리를 보니 와 ~ 872km 정말 어설픈 가을 여행임이 입증되고 말았다. 밝혔듯이 아마도 마지막 여행이라 조금 더 욕심을 냈던 것이 아니었나? 하고 위안을 해보고, 아무 불평 없는 아내에게 지루한 드라이브 코스가 된 것이 못내 미안함으로 다가와 나는 좋았다고 딴청을 피우는 기민함도 보여 주었다.

이번 같은 무모한 결행이야 앞으로 없겠지만, 그것은 단지 육체의 老碎(노쇠)함에서 오는 것일 뿐 자체가 싫어서는 아닐 것이다. 나의 노쇠함과는 달리 분주한 고속도로며, 넘치는 에너지의 넓은 바다, 검푸른 산야의 그 기상을 느끼며 아주 오랫동안 활기에 찬 영혼을 기대한다.

내게 다가온 여행의 결실은 아직 살아 있음을 상기시키며, 돌아 본 산야만큼이나 고독한 영혼은 자연과 物我一體(물아일체)의 세계로 진입하여 한동안 그 여운을 생각하며 또 다른 쓸거리를 생각해 낼 것이다.

*가람: '강'의 우리말
*하슬라: '강릉'의 순 우리말
*저녁뜸: '바닷가에서 해풍과 육풍이 바뀔 때 한동안 잠잠해지는 현상'의 예쁜 우리말

12. 10월이 가며

10월의 달력을 넘긴다.

가을걷이의 끝물과 滿山紅葉(만산홍엽)의 화려함과 그 애잔함도 이제는 바뀌는 계절에 순응하듯 아파트 청소 근로자들의 빗자루 소리가 바쁘기만 하다.

자동차가 지나갈 때 길섶에 수북이 쌓인 떨어진 낙엽들이 소스라쳐 춤을 추며 흩어지는 모습은 곧 다가올 차디찬 겨울바람을 상상한다.

한여름의 풍성했던 綠陰芳草(녹음방초)는 어느새 滿山紅葉(만산홍엽)의 아름다운 강산을 만들더니 세월의 재촉 속에 더는 못 견디어 앙상한 나뭇가지를 내어 준다.

무릇 살아 있는 세상 만물이 태어나고 사라지기를 반복하는 자연의 이치를 거스를 수 없이 순응하며 세월을 이겨 내는 게 아닌가?

사라지는 생명들이 토양으로 돌아가 질소, 탄소 등을 만들며 새로운 생명 탄생의 자양분이 되니 죽어도 죽은 것이 아닌 輪廻轉生(윤회전생: metempsychosis)이 아닌가?

참으로 아름답고 화려해 보이는 이 계절 삶과 죽음의, 동전 한 닢의 동일성을 사색하며 내 속에 갇혀 감춰진 온갖 생각들을 비우고 비우며 이 가을을 애달프게 노래하는구나.

simon! 너는 좋으냐? 낙엽 밟는 소리가,

밟으면 낙엽은 영혼처럼 운다. 우리도 언젠가 낙엽이 되리라.

  - 中略(중략) -

/Remy de Gourmont.

일찍이 춘추전국시대 BC 4세기경 老子(공자의 스승)는 道德經(도덕경)을 통해 無爲自然(무위자연) 즉 우주의 모든 만물은 자연의 이치에 따라 겸손하고 순수한 양심에 따라 있는 그대로 살기를 가르치며, Stoa(柱廊:주랑) 철학자 Marcus Aurelius(AC 121-181) 역시 瞑想錄(명상록)을 통해 자연의 신성한 목적을 이해하고 자연의 이치에 따라 살기를 권고한다.

老子(노자)는 千里之行 始於足下(천리지행 시어족하)라는 "천리 길도 한 걸음부터" 合抱之木 生於毫末(합포지목 생어호말) "아름드리나무도 털 끝 같은 작은 씨에서 시작된다"의 敎訓(교훈)을 남기며, 애쓰거나 무리하지 말라고 가르치고 있기도 하다.

Aurelius는 로마의 황제로 자연은 유구하며 우주의 질서 일체가 근원적 진실이며, 삶과 죽음도 만물을 지배하는 자연의 질서 일부이라, 도덕적 질서의 Logos이며 보편적으로 무리하지 않고 현상 그대로를 받아들이라 가르치고 있다.

10월이 가는 길목에서 잡다한 생각에 잠길 때 이태원의 사고 소식을 접하면서 이 슬픈 가을이 더 아픈 계절로 다가옴은 미련하고 가련한 인간들에 대한 깊은 연민이 아닌가 싶다.

봉화 탄광 붕괴는 어떤가?

삶의 최전선에서 악전고투하던 쓸쓸한 아버지들이 죽음의 목전에서 두려움을 이겨내고 미침내는 태양빛을 볼 수 있는 감동 드리미기 이닌가?

그렇다.
우리는 삶을 통해 죽음을 이해하며 그것이 자연 질서의 법이란 것을 자연이 체득하는 지혜가 있을 때 세상은 아름다워 보일 것 같다.
삶과 죽음을 기껏 이해한다 해도 우리의 특별함은 Richard Dawki -ns이 이기적 유전자(The Selfish GENE)와 Meme(mimeme)을 설명하는 생물학에 접근하다 보면, 선대로부터 자기의 유전자를 지키기 위해 이기적인 가족 사랑이 남다르며, 돌연변이(Mutation), 자연선택 (Variation)을 통한 진화의 산물들이 이기적 복제를 위한 결과물이며, 요즘 유행하는 문화 복제 밈(Meme)을 통해 한층 연대되어 이기주의 적 질서를 거스를 수는 없기도 하다.
여러 先人들의 書冊(서책)이나 經書(경서)를 통해본 나는 비로소 자연과 일치될 때 삶이 참이며 실천을 할 때 더 많은 것을 볼 수 있고 내 삶이 아름다울 것이란 사색이다.

10월이 간다 하니 어쩌겠나? 보내야지. 붉었던 상처투성이 아픈 낙엽 떼어 내며 아프고 쓸쓸하지만 어서 보내야지.
낯선 바람과 함께 보내며,
그래도 10월의 정겨웠던 그리움만은 감나무의 붉은 감처럼 주렁주렁 남기고 떠나겠지.

10월이 가니 11월의 초겨울 길목은 얼마나 더 쓸쓸하고 움추려 들까? 그 흔한 유행가 가사도 11월의 노래는 없는 것 같다. 쓸쓸한 계절이면 쓸쓸한 대로 다가올 열 번의 겨울을 준비하는 지혜를 갖기로 하자.

집집이 겨우내 취할 김장 장만이 분주한 시기이며, 들판은 이미 추수를 끝내고 그 자리에는 청둥오리 철새며, 북녘으로 떠나 갈 기러기들의 길목이 되어 길고 긴 겨울을 이미 예고하고 있다.

혹한의 추위와 깊은 어둠이 오랫동안 지배할 이 대지는 잠들어, 다가올 봄을 준비하며, 무수한 생명의 탄생을 준비하는 자연의 질서를 또이룰 것이다.

나 또한 길고긴 겨울밤을 외로움과 고독이 내게 베푸는 경건한 사색과 씨름하며 긴 시간 지나며 몇 달 후 찾아올 봄의 생명 탄생의 자연을 목도하게 될 겨울 나그네(winterreise)의 절망이 아닌 希望(희망)을 노래하리라.

希望의 한자 어원(爻+巾. 亡+月+壬 : 머리에 수건을 두르고 달빛 아래 망망대해를 바라보며 돌아올 임을 기다리는 간절한 모습)

13. 끝 모를 여행*

태초에
끝 모를 빅뱅이 일어나고
순식간에
우주를 만들어
모든 물질 탄생하니

빛은 수소를 만들고
수소는 헬륨을 만들고
헬륨은
탄소와 질소를 만들며
곰비임비* 하니

만물이
숨 쉬며 살아가는
모든 물질 만들어 놓고
영하 이백칠십삼도의
시리고 창백한 시공간

별들은 빛을 내어
광합성 조화로 만물에
먹거리를 주니
우주의 신비로움
어찌 가늠이나 할까?

〈

이렇듯 축복받은
해와 달 푸른 지구별에
기쁨으로 세상에 나와
무엇이 그리 슬퍼
오만상으로 망팔을 맞는가?

이제는 창백한 별 여행
떠날 채비
나는 기쁨만 남기고
슬픈 흔적들
한 가득 주섬주섬 담아
돌아가려 하네

아련한 가슴 한편
오늘도 깊고 먼 은하수
한없이 바라보며
조금씩 시간 덜어내며
삶의 찌꺼기들
강물에 흘러 보내누나

*통권2집의 시집에서 옮겨옴
*곰비임비: 계속 만들어지고 쌓이고 하는 현상

내가 머무는 우주의 자연은 그 존재 자체가 본질이며, 원자들이 모여 이성적 근원을 생성하며, 전체 만물의 근원은 원자들의 잡동사니의 합체이며, 죽음은 分散(분산)이다.

그런대 왜 나의 마음을 혼란시키는가? 나를 지배하는 나의 이성에게 너는 죽었다, 부패되어 버렸다. 너는 짐승이 되어버렸다.

너는 광대이다. 너는 가축 떼(불온한 자들)와 어울리고 있으며 그들과 함께 풀을 뜯어 먹고 있다 (Aurelius의 명상록에서) 라고 말할까?

근원적 참 모습을 되찾자.

14. 옛살비는 桑田碧海(상전벽해)의 땅

며칠을 궁리 해 보아도 본문의 글이 마음에 들지 않아 고민을 수없이 하며 탈고를 계속 시도해 봐도 끝이 나질 않아, 결국은 고향을 제대로 탐구하지 않은 부족함이 원인이 된 것으로 생각이 되어 1박2일 예정으로 출발하기로 한다.

*옛살비에서 굳건히 지킴이를 하고 있는 친구 박원오, 최영군, 신윤식 군 등과 오랫동안 만나지 못했던 미안함도 전할 겸 전화하여 점심을 약속하고는 마음이 설레기 시작한다.

이번 여행에서 그동안 이 핑계 저 핑계로 가 보지 못한 소년기의 추억이 머무는 몇 군데를 꼭 방문하여 내 소년기의 정체성을 찾아보고 싶다.

부모님 생전엔 자주 그리고 명절 때는 어김없이 찾았지만 이후로는 점점 그 횟수가 줄어 지금쯤 나는 이방인이 분명하다. 그동안 매년 가기는 하였으나 오후 귀경 차량의 혼잡으로 간단한 일만 마치면 뒤도 안 돌아보고 쏜살 같이 되돌아오기를 하였으니, 사실 고향의 그간 사정에는 문외한이 되고 말았다.

토요일 주말 새벽길, 혼자 차를 운전하며 갖가지 유쾌하고, 우려의 상상을 더하며 달린다.

하늘만 빼꼼히 사방이 험준한 산으로 둘러싸인 꽤나 넓은 분지의 태곳적 화산 흔적이 남아 있는 황금 들판의 옛살비 그곳은 바로 鎭川(진천).

기차는 구경도 못 해보고 버스는 어쩌다 덜커덩거리며 하늘은 그래도 쌕쌕이 비행기는 자주 볼 수 있는 두메산골, 엄마의 품이 그리울 때면 찾아드는 고향 땅, 그 신명 나던 고향의 그리움을 나는 잊지 못한다.

예부터 生居 鎭川(생거 진천)이라 했던가?

백곡저수지 초평저수지 등 훌륭한 관개시설을 보유한 고향은 가뭄이나 홍수를 평생 경험 못한 참으로 좋은 농경사회를 이루는 곡창 지대로 생산된 쌀은 진상미가 되고, 지금도 참 맛있는 곡식이 되어 명성이 자자하기도 하다.

시내를 관통하는 白沙川(백사천: 미호천) 변의 고운 하얀 모래들, 강변에 펼쳐진 많은 몽돌 자갈들, 맑게 여울져 흐르는 천렵하기 좋은 시냇물들, 물총새가 피라미 낚시하는 풍경들, 한 여름이면 우리들 물장구 놀이터, 예쁜 몽돌 몇 개 주워 집의 작은 화단에 장식하는 일들, 어느 것 하나 기억에서 지울 수 없는 고향의 정경들은 어찌 되었을까?

엎드리면 코가 닿을 상산국민학교 천삼백여 명의 운동장 엄청 큰 배움터, 그곳에 유난히 큰 미루나무며, 꽤나 예뻤던 물망초 연못들 나는 유년 시절의 그곳을 떠올리며 행복한 미소를 짓는다.

유년시절 이곳은 산과 들 모두 빼어난 자연과 넉넉한 인심은 한 폭의 아름다운 풍경화가 아닌 성물화로 내 머릿속에 사리하고 있었다.

옹기종기 모여 사는 교성리의 나의 집 사립문이 제일 먼저 떠오르면 반쯤 쓰러진 사립문 옆 담싸리와 감나무가 생각난다.
지금은 미국으로 가 버린 친구, 바로 앞집 덕선 군을 떠 올리며, 옆집 친구 쾌희 또 앞집 원오, 까탈스런 엄마를 둔 시경이 등 동네 개구쟁이들의 늘 웃음 넘치는 그곳엔 우리들 아버지, 엄마들의 영혼이 깃든 고향집 동네 隔墻之隣(격장지린), 그곳을 떠 올리면 깊은 그리움이 샘물처럼 솟아나고야 만다.

신문 보도에 의하면 고향이 혁신도시로 명명되어 그 땅에 각종 공공기관과 기업체들이 물밀 듯 들어와 3만의 군에서 일약 10만의 시로 승격하리란 보도를 보고는 이제는 정답던 옛살비를 영영 볼 수 없다는 아쉬움으로 이 글을 중단하고 급기야는 방문하여 눈으로 확인하고픈 유혹의 덫에 걸려 행동에 옮기기로 하였다.

정든 백사천은 하천 정비 작업으로 물길은 일직선이 되고 고운 모래랑 물총새 알 줍던 몽돌들 그리고 여울목 큰 바위들은 치워진 채 시멘트로 곧게 만들어진 허망한 모습에 진저리치며 안타까움에 탄식을 있는 데로 소리 높였다.

한 여름 흐드러지게 춤추며 쉼터를 내어 주고 한 겨울이면 하얀 눈꽃

피우던 백곡저수지 가는 신작로의 능수버들은 또 어디로 사라졌는가?

잠자리 호박꽃 화장시켜 왕잠자리 유혹하던 학교 물망초 연못은 강당으로 변하고 그 높은 미루나무는 그루터기마저 실종되었네.

집 앞 졸졸 흐르며 미역 감고 미꾸라지 버들붕어 잡던 개천은 시멘트 복개된 길로 변하고, 앞논 왜가리 날던 곳은 관청 건물이,,, 해도 너무한다.

내가 살던 집은 새로운 이의 새로운 집이 들어서고 친구들 집도 매한가지로 모두 새 건물로 변신하였으니 그 흔적이 사라진 고향 마을은 구분도 힘들게 변해 버린 어린 추억의 흔적들이 깡그리 없어졌다는 상실감은 이내 주변 수목들이라도 샅샅이 뒤져보려는 순간 아늑하던 남산과 동산을 바라보니 그 또한 사라지고 웬 시골 땅에 도회지에나 있을 법한 현대식 아파트들이 빼곡히 둘러싸인 풍경은 차라리 그 자리에 주저앉고 말았다.

드넓은 얕은 강과 흰 모래 사장의 아름다운 平沙 마을의 외갓집을 더듬더듬 찾아 가보니 그 옛날 그 많던 밤나무는 이제는 겨우 몇 그루 남아, 나를 알아보는 듯 했다.

桑田碧海(상전벽해)의 末路(말로)는 이것으로 끝나지 않은 듯 蟹(농)다리에 이르러 잘 정비된 길과 호수 주변을 보면서 끝내는 괸돌의 그 많던 고인돌이 모두 없어진 것에 진저리를 치기에 이른다.

마을 몇 개로 이루던 광혜원은 어떤가?

큰 공장들이 산업단지를 이루어 거대한 공업도시로 변하고 아파트는 역시 빼곡히 서 있지 않은가? 두메산골 이월은 태릉선수촌을 옮겨놔 그 위용이 장관이며 덕산은 천지개벽을 한 듯 도시의 위용이 대단하지 않은가? 향교 터가 있는 남산골은 대학교의 우람한 구조물이 자리를 잡고 주인 행세를 하지 않는가?

참으로 변하고 개발하고 발전해야 한다는 명제 앞에 어찌 말해야 할지? 먹먹한 가슴은 옛살비 발전의 흐뭇함 보다 유년 삶의 흔적들이 완전히 지워지는 큰 아픔으로 허허로운 마음은 옛살비에 대한 미안함과 안타까움이 교차되며, 회한의 그리움은 절망이 되어 버렸다.

이렇듯 쓸쓸한 옛살비 길은 부모님의 영혼과 한 동안 이별하고 다시 찾겠다는 마음으로 되돌아 올 수밖에 없었다.

그렇다.

Platon 철학은 대지는 형상을 받아 들여서 잉태하고 출생시키는 곳이요, 모든 존재라는 만물이 결국 거기에서 기원하는 것으로 사람이란 태초에 흙으로 만들어졌으며 죽으면 흙으로 돌아간다며 인간은 원래 흙의 백성이라 했다.

대지는 근원적으로 어머니의 땅(Terra mater)이라 일컫기도 하였다. 그래서 BC 800년 그리스 시인 Homeros(Ilios와 Odyssey)의 대지의 노래는 만물의 어머니, 존경할 시조 라고 찬양하고, BC 520년 Aischylos는 "길러주는 여자들"이란 글에서 만물을 낳고 실려주고 종자를 받아들이는 대지를 칭송하였다.

옛살비을 떠나 타향살이는 정도의 차이는 있으나 분명 향수심이 마음 깊은 곳에 자리하고 있으며 나이가 들면 들수록 더욱 옛살비을 그리워하며 반드시 아니면 죽으면 고향에 묻히길 소망하고 있다.

이러한 귀향 본능은 사람뿐이 아니고 동물이나 어류에서도 그 근본이 필연일 수밖에 없는 옛살비 흙으로의 귀환이다.

우리가 일상에서 즐겨듣는 체코의 보헤미안 작곡가 드보르작(Anton -ín Dvořák)은 미국의 학교장, 국립음악원장을 하면서 체코 보헤미아 민요와 아메리카 인디언의 민요 풍으로 신세계계 교향곡, 첼로협주곡 등 걸작을 완성하였지만 지독한 향수를 견디지 못하고 결국은 고국으로 돌아 가 버리고 만다.

그래서 그 옛살비의 땅은 특별하면서도 그리 특별하지도 않은, 육신과 영혼의 영원한 평화의 안식처이며 꼭 돌아가야 할 피난처인 셈이다. 그래서 그곳은 나의 땅 진천이다. 진천이다.

*옛살비: '고향'의 예쁜 우리말

15. 오후의 사색

우리는 인생을 보내면서 진정한 삶의 참 행복이란 무엇일까?

광기의 젊음을 잃어버린 지금쯤 되돌아보면, 그때 그 시절의 찬란한 젊음은 어쩌면 짠 내 나는 사랑의 슬픈 광기와 삶의 투쟁이 진실이 아니었나 싶다.

Plaisir d'amour '사랑의 기쁨'을 맛보기 무섭게 생활 속으로 빨려 들어가 허우적대며 고난한 세상과 맞서 내 理性(이성)의 정체성마저 잃고 사는 Pierrot 삶을 이제야 뒤늦게 깨달을 즈음에 오는 무기력과 권태로움은 나를 지치게 만든다.

며칠 전 모든 게 변해 버린 고향 땅 이곳저곳을 돌아보고 다녀온 허 허로움의 허기는 꽤나 깊은 사색으로 다가온다. 잃어버린 긴 세월은 유구하게 흘러 결국은 현재뿐이고, 현재도 곧 사라지며 오는 시간도 결국은 잃어버릴 것이란 사실이다.

나와 모든 만물의 근원은 無이며, 변화하는 현상만이 내게 보이는 실체이고, 결국 일정 시간이 흐르면 실체도 無로 돌아가니 현재를 맞는 이 白駒過隙(백구과극: 찰나)의 현상도 虛像(허상)에 불과할 실체일 뿐이다.

삶과 죽음

사랑과 애증

우정과 미움

부자와 빈자

권력자와 노예

아무리 모든 것을 二分化(이분화) 하여 보아도 동전의 앞뒤 같은 하나의 동질이며, 치열한 그 동질도 결국은 그 또한 無로 돌아가 잃어버리고 말 것이다.

이를 有無相生(유무상생)이라 결국은 유와 무는 동질일 것이다. 如一動靜(여일동정)이라 움직이는 것이나 조용한 것이나 동질일 것이다.

그토록 애써 나를 사랑했던 나의 부모님도, 젊은 청춘을 통해 애써 사랑했던 사람들도, 이제껏 나와 함께 하던 모든 것들, 이제는 원자들의 변화와 分散(분산)을 통해 無로 돌아가거나, 또 돌아갈 질서를 의혹에 가득 찬 시선으로 바라보아도 그것은 자연과 일치되는 정직함으로 밖에, 그 이상의 무엇을 얘기할 수 있을까?

내게 보이는 세상 만물 즉 유기물이든 무기물이든 생명체든 박테리아든 나무든 모든 것이 우주 공간에 떠다니는 보이지 않는 원자로 이루어져, 그 원자의 비율로 인해 무엇이 될지 결정되는 우주의 질서는 無에서 有가 되는 정직한 자연 질서이다.

BC 460년 Demokritos의 우주의 무한한 공간속 무수한 原子(원자)들의 진공 속 변화에 대한 존재론과 인식론을 바탕으로 만물이 형성됨을 일찍이 가르치고 있으며,

또한 같은 시대 의학자며 사상가인 Hippokrates의 "인생은 짧고 예술은 길다"의 명언은 인생의 좌표를 설계하기에 마땅한 것 같다.

여기서 말한 예술이란 만물이 취할 수 있는 모든 행위를 말함이 아닌가?

* 그리 대접 받지 못했던 중세 16세기 의사 겸 이발사였던 파리의 한 의사가 빨강은 동맥, 파랑은 정맥, 흰색은 붕대를 상징하여 간판을 내건 것이 이발소의 상징이 되었음.

하늘에선 함박눈이 내리며 온 세상을 덮으며 평온한 행복한 평화가 내려앉는다. 이 평화가 밤새도록 아니 오래도록 주변에 머물기를 소망한다. 내 가슴속에 머무는 아픈 흔적들을 들추어내는 鬼面畵(귀면화)를, 해 맑게 웃음 짓는 河回(하회) 탈로 바꿔 쓰고 이야기해 보기로 하자.

자연으로부터 할당 받은 내 삶을 다른 사람의 일로 인해 낭비하지 않고, 타인의 생각과 계획들에 대해 관여하여 나의 기회를 잃게 하지 말고, 공허한 망상이나 타인에 대한 간섭이나 증오를 않기로 하자. 누가 묻더라도 솔직하게 내 마음을 상처없이 전할 수 있도록 준비하자.

나는 우주적 존재로서 마땅히 그래야 하듯이 나의 내부에 있는 순수하고 꾸밈없는, 노출되면 부끄러울 마음속의 쾌락, 관능적 쾌감, 질투, 의심, 증오, 우월감 등의 감정이 전혀 없음을 이제는 답할 수 있도록 항상 준비하기로 하자.

나의 내부에 자리하고 있는 정신과 올바른 관계를 유지하여 쾌락에 의해 타락하지 않는, 고통에 의해 상처 받지않는, 모욕에 분노하지 않는, 범죄에 물들지 않는 사람이 되기로 하자.

그리하여 어떤 격정에도 굴하지 않으며, 정의에 깊이 뿌리 내리고 있으며 나의 운명과 숙명을 온전히 맑은 영혼으로 받아들이며, 나의 행동은 아름다우며, 나의 운명은 자연 질서에 순응한다고 확신하기로 한다.

세상 누구나 자기에게 주어진 運命(운명)을 짊어지고 나아가며, 정해진 宿命(숙명)이 이끌고 있기 때문에 運命이 아름답다고 생각하기로 하자. 理性을 부여 받은 나는, 모든 사람을 사랑하는 본성에 따르기로 하며, Sophist의 혀 놀림에 유혹 받지 않기로 한다.

행동함에 있어 마지못해 하거나, 이기심이나 적개심을 품어 격한 감정에 지배당하지 않게, 남자다운 인간, 성숙한 인간, 진실한 자세로 능동적으로 하기로 하자.

나의 인생에서 나의 理性의 행동에서 오는 고요한 평화와, 내 운명의 평화에서 오는 것보다 정의, 진리, 용기보다 더 훌륭한 것을 찾아 낼 수 있다면, 즉 더 높은 이상을 발견할 수 있다면, 그러나 발견할 수 없어도 그 고통에서 머물지 않기로 하자,

그러므로 나 자신을 위해 이성적 존재로서 최선이라면 그렇게 행동하고, 동물적이었다면 인정하고 겸손함으로 올바르게 形而上學的(형이상학적) 행동과 태도를 갖기로 하자. 내면에서 끓어오르는 분노와 광기를 다스릴 절제의 성숙함을 품기로 하자.

이 추운 겨울 광야로부터 어떤 바람살이 불어와도 불평하지 않고 피하려 하지 말기로 하자.

나로 하여금 자존심을 잃게 하거나, 증오하거나, 의심하거나 하여 理性(이성)과 영혼을 배반하여 自我(자아)를 잃게 하여 길을 벗어나 다른 길로 가지 않기로 하자. 그러므로 나를 지배하는 理性은 결코 나를 두렵게 하거나 유혹을 받게 하거나 혼란시키는 일이 없을 것이다. 누군가 나의 理性을 해하거나 그릇된 길로 가르칠 때 절대 용인하지 않을 것이며, 나의 理性을 스스로 속박하거나 괴로움을 멀리하기로 하자.

많은 것들이 理性에 어긋나는 일이라고 깨닫도록, 깨닫는 능력을 잃지 않도록 각별히 주의를 하자.

근원인 無에서 변화된 실체가 나 자신이니 변화가 설사 죽음일지라도 두려워하거나 외면해서는 안 된다고 다짐하기로 하자.

변화는 본질에 속하는 자연 현상으로, 입으로 삼키는 음식물이 변화하여 내 몸의 에너지로 변화하거나, 수소와 산소가 변화하여 그 소중한 물이 된다거나, 내가 마음껏 사용하는 전기도 보이지 않는 전자가 변화하여 전기 에너지로 바뀜은, 곧 내 자신의 변화도 자연 현상에 오롯이 필요한 것임을 기억하기로 하자.

우주를 지배하는 cosmos는 내 앞의 모든 것을 변화시켜 새로운 물질을 만들고, 다시 또 다른 물질로 변화시켜 우주를 끝없이 멈춤 없는 에너지로 넘치게 한다.

이러한 변화는 얼마 되지 않아, 나는 세상의 모든 것을 잊을 것이며,

또한 머지않아 세상은 나를 잊을 것이니, 이는 진정 자연의 정직함이다.

수양되고 정화된 마음속에는 더러움이나 곪은 상처의 흔적이 없다. 그러므로 비굴함이나 오만함도 배타심도 없고, 본질과 충돌하지 않고 오류에 빠지지도 않을 것 같다.

분명한 것은 나는 현재 즉 이 순간에만 살고 있다는 사실을 명심하며, 지나간 시간은 그리 중요치도 않으며, 다가올 시간은 불확실한 시간일 뿐이란 사실을 기억하기로 하자.

나의 근원적 본질 즉 참 모습을 기억하며 자신에 대해 정의를 내리거나 우주적 가치를 늘 생각키로 하자. 河回탈의 순수하고 너그러움 그리고 모두를 안을 수 있는 모습으로 변화시키자. 내 방에 걸린 달력과 시계는 無를 향해 쉼없이 앞으로 변해가는 나의 계기판임을 잊지 않기로 한다.

그러므로 혼란과 고통이 없는 자연스런 행복과 생의 즐거움이 내 곁을 머물게 하자. 그리고 음악을 나누든 시를 나누든, 참된 일상에서 내게 쌓인 행복 인자들을 모두에게 나누는 일을 게을리 하지 말자.

Epicouros의 Ataraxia 쾌락, 즉 소박한 즐거움, 우정, 사랑 등 평온한 삶과 평화, 고통으로부터 해방은 나를 동화시키며, 삶의 행복한 정의를 내리기에 안성맞춤인 듯하다.

基督教(기독교)의 天堂(천당)이나 佛家의 須彌山(수미산) 보다 아주 높은 神界(신계)의 九天을 꿈꾸니 그것은 행복이기도 하여 *간정되니 그 꿈을 꾸기로 하자.

"흙에서 태어난 것은 흙으로 돌아가고, 하늘의 씨앗으로 성장한 것은
하늘로 다시 돌아간다"(Euripides BC 431. 아테네 비극 시인)

"내가 아무것도 아님을 깨닫는 것은 지혜이고, 내가 전부임을 깨닫는
것은 사랑이다. (老子 중국 BC560-530년. 중국 은나라)

*간정되다: 가라앉아 평온하다

16. 교회 담장 밖의 산책

세상에는 무수한 신앙에 따른 종교들이 존재한다. 우리의 지난날 수많은 토속 무속 신앙, 인도의 수십만 종류 신앙의 대상이 또 다른 세상의 수많은 종교들 말고 나는 인류 보편의 기독교를 사색하고자 한다.

나 또한 소년기 시절 세례를 통해 기독교에 입문하여 성직자를 꿈꾸는 *초아의 열정의 시기를 보내며 장성한 후, 하나님이 유일한 존재로서 만물을 지배하신다 믿고 그리스도의 참 사랑에 순응하며 참으로 열심히 기도하며 늘 그 분의 신성함을 칭송하였다.

청소년 시절 금호동의 작은 교회는 학생으로 넘쳐 나는 전도의 기적도 체험하였지만 목사는 실력이 돌머리 아들을 소리소문없이 그 시절 유학을 보내고는, 한편으로 우리 학생 신도들에게는 가난한 동네의 청소년들을 좀은 무시하는 듯한 발언으로 상처를 입히고, 구세주 흉내로 부흥설교를 이끄는 구원의 사도가 된 假面(가면) 등, 또한 후에 개종 후 보수와 진보의 격심한 정치적 대립이 심할 때 어느 성당의 신부는 정의구현사제단의 일원으로 기본에 정직하고 충실한 보수에게 예리한 혀끝으로 상처를 입히는 등 신앙 지도자들의 폐해를 나는 여러 번 경험하기도 했다.

이때마다 항의도 주저하지 않았지만, 주위에선 성직자가 신앙의 대상이 아니라고 위로를 하기도 하지만 당장 입은 상처에 대한 위로는 되지 못했다.

聖經(성경)은 BC 800년-BC 400년(BC 800-200년 基軸기축시대, 동양의 春秋戰國時代), 구약 즉 오래된 하나님의 약속은 이스라엘 백성들에게 가르침과 고난을 예언하며 그 백성의 역사를 기록하고 있다.

구약은 창세기(Genesis)를 비롯하여 모세 5경, 역사서 13권, 지혜서 6권, 예언서 15권, 전 39권으로 가톨릭은 제2 경전 9권이 추가되어 현재에 이른다.

신약은 복음서 4권, 역사서 1권, 바오로 서신 13권, 공동서신 8권, 묵시록(Apocalypse) 1권, 전 27권으로 구성되어 하나님의 새로운 약속을 기록하고 있다. 이 외도 구약 성경에 기록되지 않은 여호수아의 죽음 뒤에 오는 사사기가 있다.

최초의 성경은 Masorah 성경이라 부른다. 인류 역사를 통해 성경의 방대한 기록은 믿는 자 뿐만 아니라, 그 외 모든 인류에게 이처럼 막강한 영향을 끼친 기록을 본 적이 없는 신학과 인간 철학, 인문학의 보고임에는 틀림없다.

우리 인간은 근원적으로 종교적이며 구도자적으로 어떤 초월적 존재를 두려워하며 의지하려는 본성이 잠재하고 있다. 자연을 초월하여 그 위에서 자연을 지배하는 무섭고 신비로운 절대자에 대한 경외심을 갖기도 하며, 그 미치는 영향은 고대로부터 이어져 임마누엘 하나님을 기독교는 절대자로 정의하며, 성스런 구세주(San Salvador) 그리스도 예수님을 통해 밀씀들을 전하고 있다.

AD 476 게르만에 의해 서로마가 패망하며, 그리스 로마 시대 헬레니즘이 마을 내리며, 중세 시대로 접어들어 비로수 Patristics(敎父)철학의 Augustinus에 의해 6세기 말 삼위일체, 원죄, 구원의 교리를 확립하여 가장 존경 받는 敎父(교부)로, 성인의 반열에 오른 현대 기독교 교리의 창시자이다.

이후 수도원이나 Academy(학교)을 중심으로 한 아리스토텔레스 사상을 기반으로 한 Schola 철학은 AD 1453년 동로마가 패망하고 플라톤 아카데미의 폐쇄, Renaissance를 거쳐 주류 사상인 하나님과 그리스도 중심의 천년의 중세철학시대가 막을 내리고, 계몽주의, 낭만주의가 시작되는 근현대 철학을 맞으며 현재는 Post modernism(탈 근대주의)의 시대에 우리는 살고 있다.

아브라함, 야곱의 12지파 자손 중 10지파는 북이스라엘로 사울, 다윗, 솔로몬 왕으로 이어지는 식민 확장을 건설하다 후에 페르시아 알렉산더대왕에 의해 BC 313에 멸망, 2지파는 남쪽의 유대로 이동하며 유대교로, 그 멸망의 고난과 하나님의 가나안 인도의 역사를 다룬 舊約(구약)의 방대함은, 새로운 메시아 탄생 약속의 新約(신약)으로 복음과 인류 타락 멸망의 묵시록까지 이른다.

기독교라 함은 '예수 그리스도를 믿는 자' 라는 뜻으로, 현재 로만 가톨릭, 러시안 정교회, 프로테스탄트(개신교), 조로아스터교 등이 기독교에 해당되며, 유대교는 이단으로 불리 운다.

AD 313년 로마의 Constantinus 황제에 의해 기독교가 국교로 선언되며 이즈음 로마에 개선문이 설치되기도 하였다.

이 때 기독교의 세력은

로마 대 광구,

콘스탄티 대 광구,

안티오키아 대 광구,

알렉산드리아 대 광구,

예루살렘 대 광구의 5개 구역으로

1054년 Filioque 논쟁의 정점은 "성령은 성부와 성자로부터"의 성자를 추가함과 "성모 승천"을 주장한 로마 대광구와 나머지 4광구의 대립으로 결국은 나머지 4광구는 그리스 정교회로 현재는 1.5억 명의 러시아 정교회로 분열되며 세계적으로 적용되는 Grengorian calender(그레고리력: 태양력)가 아닌 16세기 경 로마 황제 율리우스 카이사르가 만든 "Julian calender(율리우스력: 구력)"를 사용하여 크리스마스는 매년 1월 7일로 기념한다.

교황은 초대 교회 베드로(盤石)의 계보를 잇는 예수님의 대리인으로 설명되며, 게다가 사치스러웠던 피렌체 가문의 교황 레오 10세(Leo X)는 성 베드로 대성전 공사의 막대한 비용 조달로 면죄부를 판매하기에 이르러, 부패한 교황의 권세는 1517년 독일 작센 주 Martin Luther의 95개 항목의 종교개혁에 의해 새로운 Protestant(개신교)를 탄생시키기도 하였다.

한편 현대사의 길등과 테러와 인권 폭력의 굴레에서 좀처럼 빗어나기 어려운 중동 지방의 이슬람 교회(回敎)는 아브라함의 서자인 이스

마엘을 기반으로 마호메트가 창시한 기독교 종파이며 유일신 하나님 (Allah. Yahweh. 여호와)만을 믿으며 예수는 하나님의 사도로 존경하며 부활과 원죄는 인정하지 않는다.

AD 610년 평범한 장사꾼이던 마호메트에게 가브리엘 대천사가 매일 꿈에 나타나 하늘의 메시지를 전하면서 이를 기록한 코란을 경전으로 삼고 있다. 최고 성직자 선출 방식의 견해차로 사우디 아라비아를 중심으로 수니파, 이란을 중심으로 시아파로 분열되어 분쟁의 한 원인이기도 하다.

이란의 페르시아어, 터키의 투르크어, 이스라엘의 히브리어를 제외하고 중동의 25개국중 22개국은 아랍어를 공통으로 모국어를 사용한다. 세계 인구중 약 9억 명의 신자가 있고 회교 국가도 43개나 있는 대형 종교이며 聖戰(Jihad:성전)을 통해 이베리아 반도와 중앙아시아에서 대 성공을 거두기도 했다.

조로아스터교(拜火敎)는 조로아스터가 BC 600년 경 페르시아에서 창시한 한 종파이며 현재는 이란(인구의 10%)과 인도에서는 파르세란 이름으로 현존하며 Avesta를 경전으로 삼고 있다.

Zoroaster교 6대째 성직자의 자손으로 실존 철학자 Nietzsche(1885년)는 "Zarathustra(Zoroaster는 페르시아語)는 이렇게 말했다"라는 글에서 위대한 Ubermensch(초인)을 이야기하기도 하며 "신은 죽었다"라는 전통적 기독교 사상의 自省과, 개혁의 새로운 가치를 부여하는 철학적 메시지를 던지고 있기도 하다.

이란을 중심으로 모든 종교를 버무린 마니교(Mani)도 한때 세력을 넓히기도 하였다.

유대교 경전은 Tanakh로 BC 400년 기록은 모세 언약에 중점을 둔 하나님만을 숭배하며 삼위일체중 인간이신 예수를 받아들이지 않는 같은 듯 다른 길을 걸으며 기독교에선 이를 異端(이단)이라 부르고 있다. Talmud는 로마의 지배를 받던 팔레스타인(가나안)에서 4세기 말경 모세 5경 즉 Tora를 유대인의 생활 관습으로 교육하는 방대한 지혜서인 Rabbinic Judaism이다.

1453년 동로마가 패망하며 중세철학시대에서 르네상스로, 1095년-1456년 361년 동안의 예루살렘 성지를 이슬람교도로부터 탈환하고자 벌인 8차례에 걸친 십자군 종교 전쟁이 지나며, 종교 개혁을 한 개신교 지역과 신성 로마 제국을 중심으로 한 지역간 충돌 전쟁이 1618-1648년의 30년 전쟁을 끝내고, 1648년 독일의 Westfalen 조약으로 유럽의 봉건 영주국, 도시 국가들은 통합되고 지금의 유럽 국가 경계선이 확립되어 근대 국가의 출현으로 이어지며, 1651년 영국의 정치 철학자 Tomas Hobbes는 Leviathan을 발표하여 사회 계약론에 의해 개인들의 이익을 위한 主權(주권)을 주창한다.
세계 대형 유일신 여호와 종교인 기독교, 이슬람교, 유대교는 본시 아브라함을 같은 조상으로 두고 있으며 아라비아 반도에 예루살렘, 메카, 메디아의 3대 성지가 겹치며 끝없는 분쟁이 일어나는 곳이기도 하다.

*Westfalen조약과 관계없이 200여년 후 이태리는 1861년, 독일은 1871년, 일본도 1868년 메이지시대로, 유럽의 타국보다 뒤늦게 근대국가의 형태로 전환되어 공히 민족수의와 군국수의 색채로 이들 3국은 하나 같이 세계 1, 2 차 대전의 발생 원인 국가가 되었다.

중세 시대의 신의 권위를 앞세운 神政(신정) 권력자들이 힘없는 백성의 수탈과 탄압, 더해서 생명 경시에 이르는 부패를 보면서, 전통적인 중세 기독교 사상의 否定(부정)을 외치며 "신은 죽었다"라는 니체의 말에 가슴이 떨리며 현대의 거대한 종교 산업(언론에 노출되는 일부 교회)에 대한 깊은 회의감에 빠져 버린다.

중세에 많은 수탈에 의해 거대한 성전 짓기에 몰두한 권력자들, 지금도 건설하였다 하면 거대한 구조물로 신도들의 수탈(?)에 가까운 헌금 요구가 과연 그리스도의 정신인가? 라는 회의감에 빠질 때 비로소 교회 세습과 권력이 이 사회에 미치는 정치, 경제, 문화의 나쁜 요소들만 뇌리에 떠 올려 지고는 하며, 柱廊(주랑: 회랑)의 가난한 노숙자들을 구제할 방법이라도 거대 종교의 역할을 기대하는 것이 무리일까? 물론 넓은 세상엔 가난하지만 그리스도의 사랑을 실천하는 예쁘고 착한 작은 교회도 곳곳에 얼마든지 무수히 많기도 하다.

내가 중세 유럽 백성 수탈 현장인 대성당들의 성지순례와 같은 유럽 여행은 손사래 치며 지독히 싫어하는 이유이기도 하다. 그러나 대 자연의 북 유럽은 다시 가고 싶은 곳이기도 하다.

그렇다고 Satan은 나를 시험에 들게 할 이유를 찾지 못할 것이다.

그것은 과거의 방탕이 지금에 이르지 않기도 하고, 남은 여생의 노정이 매우 짧기 때문이다.

높고 맑은 하늘의 밝은 보름달 곁에 유난히 작고 예쁘게 반짝이는 목
성을 올려 보며, 우주의 근원인 창조주와 과학의 산물인 빅뱅을 떠
올리며 고즈넉한 시골 교회의 단풍잎이 뒹구는 낮은 담장 곁을 산책
하면서, 청소년 시절 신앙의 깊이도 모른 채 교회 종소리에 평화를
기도하며 은총이 오기를 염원한 그 시절을 나는 생각한다.

"Cogito, ergo sum. 나는 생각한다. 고로 존재한다."
(Descartes, 프랑스, 1650년)

*초아: 촛불처럼 자신을 불태워 세상을 밝히는 사람의 우리말
본문은 신앙의 본질을 말한 것이 아님을 밝힙니다.

17. 허구의 SF세상

20만 년 전 아프리카 빅토리아 호수 옆 프로콘솔의 숲에서 Homo Sapiens의 지구 출현은 경쟁자인 네안데르탈인, 호모 에릭투스, 호모 솔로엔시스 등이 멸종되며 구석기, 신석기, 청동기시대를 거치며, 유구한 세월 동안 진화를 거듭해 AI, 사이보그의 현재를 살면서 지구의 대부분을 끈질기게 지배하기에 이른다.

7만 년 전 프로콘솔에서의 호모 사피엔스는 직립과 두 눈동자의 진화로 미간이 좁혀진 응집화 된 초점으로 하늘 숲에서 내려와 위험한 사자 무리들로부터 약간의 해방을 맛보며, 유인원과 다른 DNA 1% 중 715분지 2 다른 분자 FOX2 돌연변이의 언어 유전자는 서서히 호모 사피엔스의 認知 革命(인지 혁명)에 도달케 진화되기 시작한다.
인지 혁명은 Sapiens의 대량 정보의 생산 유통으로 급기야는 각 대륙으로 삶을 찾아 이동하고, 신을 상상하고, 신화를, 전설을, 종교를 만들며, 급기야는 과학이라는 인류의 보편적 도구로 괴물을 발명, 발견하고 만들어 내어 결국은 Last invention인 AI(인공지능)에 도달케 되었다.

세상에는 과학으로 논증되는 자연 질서의 법칙과, 인간의 형이상학적 정신세계의 믿음을 통한 허구의 발명(Concoction. invention)으로 새로운 규칙이 존재한다.

시피엔스는 급기야 각기지 제도 등, 법률과 화폐라는 기상의 허구를 만들어 집합적인 사회 활동은 물론 전 인류가 유연하게 소통하는 체제를 만들어 놓기도 하였다.

교회에서 성직자가 빵과 포도주를 들고 이것은 내 몸이다(Hoc est corpus meum: 라틴어) 하고 엄숙히 말하는 순간에 예수의 살과 피로 바뀌며, 신자들은 이를 정성스럽게 받아드니 이 또한 잘 숙련된 인간의 허구가 아닌가? 종교의 율법을 가진 우리의 인류 중에 신을 만나 본 누군가가 있기나 한 것일까?

우리 주변에 무슨 주식회사라는 법인이 수 없이 존재하니, 허구에 실체의 지위를 부여하고 인격체로 만든 결과물이다. 컴퓨터, 스마트 폰에서 우리는 맘먹은 대로 보이지 않는 화폐가 흔적도 없이 왔다 갔다 한다든가, 서울에서 뉴욕에 빛의 속도로 원화가 미화가 되어 계좌 이체가 되고, 60억조 달라의 모든 나라의 돈이 컴퓨터 안에 쌓여 있다. 그것도 알 수 없는 암호로........ 유통되는 5-6억조 달라의 종이 화폐만이 인간의 눈에 보일 뿐이다.

종이로 된 화폐 한 장에 우리는 노동을 하고 이를 이용해 필요한 물품을 구하기도 하여 경제 활동을 한다. 가상공간(AR. VR. MV 등)이라는 데서 우리의 미래는 알 수 없는 환경으로 변해가고, 점점 그 도가 지나쳐 또 다른 허구가 탄생할 것 같다.

광우병이란 허구가 한 세월을 광란으로 춤추게 하는 거짓 허구도 존재 하지만 대부분의 이런 허구들은 우리가 만들어 놓은 네트워크에서 존재할뿐이지만 거짓은 더욱 아님이 틀림없다는 믿음으로, 가상의 실재를 사람들이 거짓말이 아님을 믿음으로 우리 현실 세계에서 네트워크는 힘을 발휘한다.

수만 년 동안 진화한 인류는 약 3,000년 전 신을 만들었는지? 신이 인간을 만들었는지?
유신론자와 무신론자, 창조와 진화의 오랜 논쟁이 어떻게 결론이 나든 그 결과는 현재와 별 다름이 없을 것이란 생각이지만.
이는 결국 많은 사람이 *모꼬지 언어를 통한 소통의 한 수단이, 사상가 종교가 성직자 등이 주장하는 신성한 (부정할 수 없는) 믿음이라는 이름으로 우리에게 와 닿은 결과는 아닐지?
신화나 전설 또한 인간의 정체성을 만들어 내고 역사를 만들기에 안성맞춤 아닌가?

수만 대의 컴퓨터를 이용한 머신 러닝 모델 Chat GPT4, 람다2 등의 1조개가 넘는 Synapse는 사람이 풀 수 없는 방정식의 고도화된 검색 엔진으로 빅 데이터의 자료를 가공하여 무서울 지경으로 최근 만들어진 AI인공지능(Artificial Intelligence)의 인공 장치, 인조인간인 사이보그들, 터미네이터, 아이언 맨 등, 사람처럼 이해하는 그들에게도 그 동안 인간들이 구현한 허구의 법률이나 관습, 도덕, 예절, 윤리, 정서적 형이상학적 태도는 가능할까?
인간의 지능 능력을 뛰어 넘는 Ray Kurzweil의 인공지능 特異點(특이점), 즉 Singularity(지능 폭발)는 현실이 되고 말 지경에 이르며 장차

신이 되는 Homo Deus를 어찌 할 것인가?

3,000년 전 메소포타미아 문명이 개발한 주판은 1970년대 4비트의 Personal 컴퓨터의 등장으로 사라지는데 단 몇 년도 안 걸렸으니, 언제 인류도 주판 같은 신세가 될 처지일지 알 수가 없다. 자동주행 장치, 자동 항법 장치, 로봇 등 초기의 AI 과학은 편리하여 분명 설레이기도 한다.

과학이 조금 더 발전하여 10년 후 특이점 도달 시 인류는 AI의 그릇된 가치관 등, 부도덕한 윤리 행위를, AI가 인류를 지배할, Cyborg의 객체들이 무수히 스스로 자연 증가 생산할 경우 등을 우리 인류는 어찌 통제할지를 고민하는 처지로 전락하는 것은 아닌지?

이것들의 관리는 주민등록번호로 할지 Goods code number 할지, 여권은 어떻게 기록될지 참으로 기이한 문제는 수 없이 발생하지 않겠나?

AI들의 창작물 재산권은 또 어찌될지?

이것들의 수명은 신이 정한 숙명이 될지?

블록체인과 가상화폐에 이르러서는 허구의 극치를 나는 실감하며 그 결말에 대해 우려의 생각을 하고 있기도 하다. 어릴 적 만화, Science fiction(SF) 영화나 소설이 현실이 되는 우주적 새로운 질서를 인류는 감당할지? 우리는 이것을 통제해야만 살아남을 수 있을 것이다.

위와 같이 AI이나 Nano 물질을 이해한다거나 화성의 Terraforming 같은 자연 질서속의 과학적 논증에 의한 것들과 함께, 허구의 Inven-tion도 분명 우리에게 필요한 질서임에는 틀림없다.

사실 존재하는 것으로만 만든다면 신이나, 화폐, 예수님의 살과 피, 주식회사, 광우병, 인공지능 등 수많은 허구들은 어떻게 만들 수 있을까? 허구의 강력한 믿음으로만 이런 모든 것들이 가능하다는 얘기가 되고 만다.

도대체 믿음이란 본질은 무엇일까? 인간의 내면세계의 훈련되고 성찰된 수평적 관계를 형성하므로 믿음이 생기며, 종교의 믿음은 신이 주는 자비롭고 달콤한 영생불멸의 사랑일 것이다. 의무나 도덕적 행위에 따른 이성적인 행동이 자연스럽게 믿음을 형성하고 인류 네트워크는 점점 복잡하게 새로운 허구로 진화할 것 같다.

허구로 계획되고 모든 System이 잘 정비된 현대사회는 변화와 발전이란 명목으로 허구는 더욱 정교해지고, 인지 혁명은 사람과 말의 조합인 信(人+言), 즉 믿음 또한 광범위한 세계를 이룰 것이다. 그래서 세상은 잘 계획된 가상의 세계, 즉 현대는 Non Fiction을 假裝(가장)한 완벽한 Fiction의 세계가 아닐까?

우리와 동물과 다른 점은 언어 이외도 한 가지 더 있다. 그것은 바로 理性적 情緖(이성적 정서), 즉 우리의 마음속에 온갖 자기 의지를 가질 수 있는 점이 또 다른 하나이기도 하다.

허구의 믿음도 의지의 일부이지만 우리는 특정한 사람이나 혹은 사물을 대하며, 사랑을 느끼기도 하며 미움도 느끼기도 한다.

친구와의 관계도 신뢰와 배신의 감정을 들어내곤 한다.

어떤 일에는 희망을 또는 절망의 감정을 느끼기도 한다. 하지만 이러한 정서는 환경 변화 시 수시로 바뀌는 것이라, 잘 만들어진 허구의

현실 세계에선 좀처럼 변하지 않는 허구의 네트워크와 다른 점이기
도 하다.

결국 나를 포함한 인간은 허구로부터 출발해 잘 만들어진 질서 속에
서 끊임없는 변화와 직면하게 되며, 항상 새로운 허구의 질서와 문화
를 갈구하며 탐하게 된다.

허구와 과학이 어우러진 세상에서 나는 한 가지 사실만은 분명히 알
고 있는데, 그것은 내가 복잡하게 얽혀 있는 허구의 현대 시대의 그
무엇도 제대로 알지 못한다는 자책의 슬픈 이성이 자리하고 있다는
것이다. 한편 제대로 알지 못하는 모든 것들에 대한 갈증은 논리와
모순되는 Sophist들의 혀 놀림에 이미 오염된 슬픈 이성임을 그나마
알게 되었다.

*모꼬지: 여러 사람이 모여 잔치 혹은 여러 일로 인해 모이는 일. 대학 MT. OT의 우
리 말

18. 12월의 편지(5번째 송년 편지)
- 넋두리歌

달력 한 장이 마지막 하루를 슬픔 머금은 채
안타까운 모습으로 삭바람을 견디어 낸다.
쉼없이 함박눈을 쏟아 내며 시리고 아픈 한해가 白駒過隙(백구과극)의
나이 한 살 선물 주고 가려는구나

자작나무 숲길 겨울 나그네의 아픈 육신은 따듯한 木爐(목로) 집 막걸
리 한잔으로 희망이 쏟아질 것 같은 새로운 새해를 맞으려 한다. 미
련하고 한탄스럽던 한해는 라이오넬 리치 'Say You Say Me' 노래처
럼. 우리는 함께 하며 사랑과 우정이 덮어주고, 기쁨으로 노래할 새
해에는 순백의 예쁜 몽환을 그려 보련다.

멀미 나는 세상 후회하고 용서하며, 용서받으며 오는 새해에는 陰陽
五行(음양오행)의 정교한 우주 질서처럼 우리도 하늘을 우러러 뜨거운
가슴으로 소망을 품는다.

가는 것은 가는대로 오는 것은 오는 대로, 이것이 우리의 여정이 아
닌가? 나이 들어 기실 춥고 외로울 지라도 눈망울만은 초롱초롱 살아
온 지혜를 밝히자.

나이 들어 기실 슬프고 아플지라도 자연의 질서라 여김세.

어자피 이제부터는 모든 일이 시나브로의 잠으로 느린 기석을 소망

하는 것이 아닌가?

Beethoven #9 4악장 Song of Joy로 기쁨을 노래하고

Massenet의 Meditation으로 送舊迎新(송구영신)을 맞으소서.

모두 모두 건강하고 행복하세요

2022. 12. 31. 아침,

파주 작은 音屋에서

靜潭 金 興 川

19. 1월의 편지(신년의 소망 편지)

2023년 癸卯年(계묘년) 새해가 찾아 왔어요.
북한산 마루에
부챗살 닮은 햇발이 힘차게 오르네요.
아침 창문 틈 사이로 빼꼼히 볕뉘가 노크하는
소망의 햇볕 조각들이 인사를 합니다.
이제는 희망을 노래하렵니다.

멀미났던 지난해를 霎時(삽시)에 떠나보내고
오는 해에는 순수한 대자연의
위대함과 신비함에 자신을 맡기어
자연 질서에 순응하며 살기로 합니다.

이제는 마음 속 한켠에 있는 미움과 증오들
밖으로 풀어 헤쳐 바람과 구름으로
모두 모두 보내 버립니다.
시시각각 다가오는 죽음 때문이 아니라
인지와 통찰 능력들이 먼저 쇠퇴하며 오니
그 자리에 이성의 영혼으로 가득 채우며
평온한 마음과 순수한 사랑을 말하게 하렵니다.

淸明(청명)한 마음의 자세로 외로움을 밀리하고
건강한 태도로 육신의 아픔을 이겨내렵니다.
동요나 평정심을 잃지 않는 자연스런
즐거움이나 소소한 기쁨만을 생각키로 하렵니다.
이런 소망들을 담아 우주적,
陰陽五行(음양오행)의 정직한 질서에
나의 영혼과 육신을 오롯이 맡기며
Ataraxia의 삶을 진정으로 소망하렵니다.

2023. 01. 01. 아침,
파주 작은 書齋에서

靜潭 金 興 川

20. 죽음의 Aporia

참으로 지나온 흔적들을 꺼내어 보며 많은 생각이 머리를 뒤흔들고 있다. 이런 경우 대개는 후회에 대한 생각으로 복잡하지만 이 지경에 나의 태도가 무엇을 말하고 있는지 차근차근 사색하며 돌아보아야 할 듯하다.

21세기의 시작이 벌써 20여 년을 훌쩍 넘어 2022의 제야의 종소리를 뒤로 하고 한해를 보내니 얻은 것이란 나이 한 살, 인생의 건강한 정력과 넘치었던 희망들은, 점점 쇠잔하여 허무한 인생을 슬퍼할 때 찾아오는 세월은 그저 바람처럼 흘러 어쩔 수 없이 영원한 옛것이 되고 말았다.

불과 엊그제 같은 지나간 *물비늘 같은 흔적들이 결코 가볍지도 않지만, 그 흔적들의 잃은 것과 아쉬움은 깊은 연민으로 다가옴을 뿌리칠 수는 없을 것이다.

다가온 2023의 새해도 필시 살 같이 흘러 버릴 霎時(삽시)의 과정이 또한 될 것으로 무거운 세월의 적막감에 빠지고, 아직 오지 않는 미래는 잡히지 않는 두려운 미지의 세계가 다가올 것으로 시공간은 분명 직선적으로 진행하며, 반복이 불가능한 시간의 흐름 속에서 자맥질하는 나그네일 뿐이라는 생각이다. 시간을 매 순간 잃고 있으니 지체할 여유를 주는 법이 없는 嚴酷(엄혹)한 순간들이기도 하다.

우주적 자연 진리는 모든 존재들의 본질이며 이는 곧 법칙이기도 하다.

죽음을 경멸하지 말고 웃음으로 맞이하리.

죽음 또한 자연의지의 하나이며 늙거나 병들거나 출생하거나

모든 생명과 물질에서 일어나는 자연 현상으로 과대하거나 슬픔으로

영혼의 껍데기를 벗어나는 일은 사려 깊은 죽음에 대한 태도는 분명

아닌 듯하다.

죽음에 직면해 영혼을 오염시키지 않게 될 주위의 모든 것들이

오히려 위안을 주며 땅에 가까운 것은 땅으로 하늘과 가까운 것은

하늘로 돌아 갈뿐이다.

왕들이 어디에 있으며, 그 밖에 일찍이

이 세상을 차지했던 사람들은 다 어디 있느뇨.

그들은 갔도다. 너도 장차 가게 될 길을.

오 그대여! 자기 몫으로 이 세상을 선택하고,

이 세상이 아름답다 일컫는 그대여!

세상이 주거나 빌릴 수 있는 모든 것을 받기를.

그러나 끝에는 죽음이 있는 줄을 알지어다.

> *미국 시인 Longfellow는 죽음으로 끝나는 인생의 덧없음을 위와 같이 노래하
> 였다.

인생은 출생의 문으로 와서 처음이 있고. 죽음이라는 문으로 가는 우
주적 제한된 존재로 연장시키지 못하는 죽음의 존재이니 *宿命的 必
然*(숙명적 필연)이다.

죽음은 호사도 욕망도 앗아가는 냉혹한 종말의 힘이며 무섭고 떨리
는 거부할 수 없는 최후의 숙명적 필연이기도 하여 우리는 신앙의 문

을 두드리며 의지하려는 모습으로 선사시대 이래 각종 종교가 인간 세계를 시배하고 있나, 바로 이 죽음을 종교는 풀어야하는 최후의 수 수께끼이기도 하다.

죽음에는 몇 종류가 있지만 대표적인 그리스도의 죽음을 우리는 잘 알고 있으며 이는 3,000년의 방대한 기록으로 현존하는 최고의 성경 의 기록의 역사가 있다.

다가올 죽음의 참혹함을

"나의 하나님, 나의 하나님 어찌하여 나를 버리시나이까?(마가15:34)

이것은 무서운 공포로서의 무시무시한 죽음임에 틀림없다.

예수는 어느 누구보다도 지독하게 죽음의 Aporia를 직면하며 경험 하지만, 참 영혼과 부활한 몸은, 인간이 몸과 영혼으로 죽고 목숨 자 체를 버리는 데서 비롯된다.(마태 16:25 ; 히브리서 5:7)

생명 파괴자로 인해 예수는 실제로 죽고, 하나님께 버림 받음으로서 죽음을 정복할 수 있었다. 그것은 부활의 사건을 예수 스스로 일으킴 으로 죽음을 정복할 수 있었다.

그러면 예수보다 470년이나 앞선 Socrates의 죽음은 어떠했을까?

Socrates의 친구인 Kriton과의 짧은 옥중 대화를 제자인 Platon이 기록한 대화록에서 헬라(그리스)의 당시 아테네 젊은이들을 타락시키 고, "너 자신을 알라" 라며 인간 본질에 대한 질문으로 위정자를 공격 하는 등으로 기소가 되어 독배로 처형된다.

처형되기 전날 크리톤과 많은 제자 친구들은 만반의 준비를 다하고 탈옥을 권하였지만, 그는 국가와 법의 명령에는 무조건 따라야 한다는 의견으로, 내가 不義(불의)로 저령되기를 원하는가! 라며 이를 거부하고 냉정하게 영혼 불멸을 말하며 태연하게 죽음을 받아들이며 Aporia를 돌파한다.

그의 사상에는 죽음을, 영혼은 불멸, 육체는 파괴(제자 Phaidon 대화)로 보는 헬라의 사상과, 육체의 부활이라고 하는 그리스도교의 사상과 근본적 차이를 내고 있다.

Socrates의 죽음은 위대한 철학자(희랍의 소크라테스教主?)의 가장 깊은 내면의 참 인간적인 理性에 의해,

Jesus의 죽음은 위대한 신앙인으로 우주 만물의 창조자 하나님 靈性(영성)에 의해,

위대한 인류 스승들은 당면한 피할 수 없는 죽음의 Aporia를 정복의 서사로 그려내고 있지 않는가?

죽음의 Aporia, 생각만 해도 그 무시무시한 절망의 허무함이 간단치는 않다. 우주의 거부할 수 없는 엄혹한 질서임에는 변함이 없으나 四面楚歌(사면초가)의 망팔로서는 감당하기 어려운 무시무시한 사건으로 얘기하듯이 과연 태연하게 3인칭으로 말할 수 있을까?

살아 숨 쉬는 내내 Aporia를 마주할 나는 땅이 꺼지는 깊은 탄식과 함께 신앙적, 철학적 사고의 밀림에서 방황하며 해답없는 방황을 끊임없이 할 수밖에 없는 한 인간의 숙명적 운명임을 잘 알고 있다.

그러면서 앞으로의 삶에 대해, 마주칠 죽음에 대한 태도에 대해 성찰의 깊이를, 고뇌를 *시나브로, 시나브로 성찰해 보고자 한다.

*물비늘: '잔잔한 물결이 햇살 따위에 비치는 모양'의 예쁜 우리 말
*시나브로: '모르는 사이 조금씩 조금씩'의 예쁜 우리 말

엘리베이터, 하늘을 날아 오르다

21. 봄을 기다리며

적막한 들판에 사각사각 눈 내리는 몽환의 겨울 동토며, 나뭇가지 위의 하얗게 피어나는 눈 꽃송이들은 외롭고 쓸쓸한 극치의 절제된 시간을 보여주고 있다.

小寒(소한)과 大寒(대한)을 거치면 舊正(구정) 혹은 歲首(세수) 또는 설이라고 하는 민족의 최대 명절이 *陰陽五行(음양오행)과 함께 우주의 정교한 질서 속에 어김없이 세월의 시기는 흐르며 다가온다.

> *음양오행(일 월+화 수 목 금 토): 태양 달+화성 수성 목성 금성 토성으로 옛 선인들이 눈으로 目測 가능한 태양계의 천문을 齊(제)나라 BC3세기(전국시대 중엽) 鄒衍(추연)이 개념을 만들고, 후대에 이를 바탕으로 1200년 경 南宋의 朱熹(주희)에 의해 性理學(또는 朱子學)으로도 이론을 체계화시킴.

설에는 茶禮(차례)를 통해 조상에게 새해 인사를 함과 웃어른에게 세배를 하는 것으로 우리는 일 년을 시작하는 매우 예의 바른 민족임에는 틀림없다.

차례상의 添歲餠(첨세병: 떡국) 음식을 함께 나누며, 飮福(음복)으로 서로에게 덕담하고, 省墓(성묘)를 통해 조상에게 새로운 한해를 인사하고 祈福(기복)을 하며, 가난한 이웃들과 술과 고기를 나누는 좋은 歲時(세시)풍습이 있는 시기이다.

어린 시절 설엔 설 비움(설빔)으로 깨끗한 옷으로 차려 입고 동네 어른들께 세배 다니며 새해 인사를 하고 연날리기, 얼음 썰매 타기, 제기차기, 윷놀이, 팽이 돌리기, 널뛰기 등 민속놀이로 동네 곳곳에서 모처럼의 웃음꽃이 만발하는 그 시절 축제의 모습이며, 어른들의 신년 운세의 토정비결 보기 등.

그리고 얼마 지나 대보름달의 지신밟기, 강강술래, 남생이놀이, 쥐불놀이 등 또한 아련한 추억으로 남아 있다.

지금은 대부분이 사라진 것들이 주는 추억의 단편들만 남아, 신년을 맞는 요즈음은 영화관이나 게임장, 대형 놀이공원은 차라리 무미건조하고, 낭만이 사라져 감은 안타깝기까지 하다.

실개천의 엷어진 얼음 조각들이 차츰 자취를 감추면 곧 먼저 다가올 논두렁 밭두렁의 냉이들이 흙을 비집고 올라오면 비로소 봄이 옴을 우리는 느끼며, 새 생명 탄생의 따뜻하고 고운 햇볕들을 우리는 반긴다.

아침 *나릿물가에 물안개가 피어오르고, 햇살이 고와지면 아지랑이 또 피어오르고 이내 버들강아지 아기 솜털이 보이기 시작하면 비로소 立春을 맞게 되니 움추렸던 살아 있는 생명들 또한 기지개를 펴기 시작한다.

어서 빨리 이 겨울이 지나가기를 기다리며, 동토의 대지 속에서는 바쁘게 봄 잔치를 준비하는 동안 나는 무엇을 준비하며 봄을 맞을까?

궁상맞은 서재에서 자리를 털고, 물안개 피어오르고 생명들이 유희하는 樂園(낙원)을 찾아 먼 길 떠나야겠다.

그곳은 하늘과 땅이 맞닿은 자유롭고 행복한 Nostalgia의 땅 고향에 가 보련다.

鰱魚(연어)가 이름 모를 산골 개천에서 산란한 뒤 큰 세상으로 나가 3-4년 성장한 후 제 고향으로 찾아드는 이치는, 아마도 연어나 나나 별다른 것 없이 그 고향에는 유아적 그리운 상상이 있고, 부모님의 사랑이 머물던 그리운 곳이기 때문일 것이다.

*온새미로 그곳에선 엄청 서투르고 어리숙해도 모든 게 용서가 될 듯하는 자유로움과 부모님의 숨결을 평화롭게 한가득 담을 수 있을 것 같은 행복한 곳이기 때문이다.

그곳에서 한 한달 정도는 방 한 칸 빌려 고향살이를 해 보고 싶다.

타임머신으로 내 유년 시절의 초롱초롱한 장난꾸러기의 아이를 만나 보고 싶기도 하고, 어디인가에 흩어 졌을 부모님의 흔적들을 찾아 만나보고 싶기도 하고, 지금은 雪岩(설암)의 머리를 이고 사는 친구들의 정겨운 어눌한 얘기꺼리가 남아 있을 것 같은 그곳에서 현재를 사는 나의 모습을 그곳 무대에서 비추어 보고 싶기도 하다.

한편 자기 옳음의 我心(아심)에 갇혀 있을 동생들, 형이라는 家父長의 儒敎(가부장의 유교)적 모순에 빠져 있는 요즈음 모습의 나, 그리고 형제들과의 문을 열고 그들과 처음부터 또 다른 인간관계의 上水之淸 下以之奉(상수지청 하이지봉) 모습으로 변화 시켜야 할 것 같다.

봄을 기다리는 것은 칙칙한 겨울 먼지를 털어내고 초록 빛 닮은 무수한 생명이 탄생되는 우주의 거대한 아름다운 광경을 목격할 수 있는 계절이기 때문이기도 하고 추운 내 마음을 포근하게 감싸 주는 봄볕을 맞을 수 있기 때문이다.

또한 겨우 내 경직되었던 내 마음의 근육들을 풀어내며, 시골의 들판과 강을 산책하며 阿修羅道(아수라도)의 세계에서 天道(천도)에 이르는 向上만이 있고 向下가 없는 기쁨이 주변을 감싸는 온전한 행복을 사색해야하기 때문이다.

*나릿물: '냇물'의 예쁜 우리 말
*온새미로: '언제나 변함없이'. '자연 그대로'의 예쁜 우리 말

22. 사랑에 대하여

사랑, 꽤나 낭만적으로 벌써 설레임으로 가득 차올라 지나간 사랑들과 다가올 사랑으로 꽤나 흥분되는 즐거운 미소는 이내 무거움으로 변하고 만다.

남자는 대개의 경우 상대방으로부터 신뢰나 인정을 받고, 감사나 격려를 원하지만 여자의 경우는 약간 다르게 관심이나 이해를 원하며 헌신이나 공감의 확신을 추구하는 것 같다.

특히 이성과의 사랑은 남녀가 원하고 추구하는 바가 서로 다르니 가슴으로는 사랑하지만 머리로는 항상 갈등을 안고 살아가는 동안 대부분 사랑이란 명제로 덮여지고 해결되곤 한다.

사랑에는 사전적 의미가 4가지 정도 있는데,

첫째는 신약에 나타나는 하나님의 숭고하고 끊임없는 사랑을 Agape라 하며, 신에 대한 헌신적 사랑, 사람과의 아름다운 최종의 사랑도 이를 말한다.

둘째는 부모나 자식 사이에 이루어지는 숭고한 헌신적인 모성애 가족, 연인의 사랑을 Storge라 하며 흔히 Platonic love라고도 하며 플라톤 대화편의 향연에서 非性的(비성적)인 것을 말하기도 한다.

셋째는 친구 간에 우정과 사랑을 말하는 Philia, 친구는 또 다른 내가 되는 사랑.

넷째는 사랑스런 이성간 육체적 사랑을 Eros라 한다.

신약에 나타나는, 사랑은 오래 참고 친절하며 질투하지 않고 자랑하지 않으며 잘난 체 하지 않습니다. 사랑은 버릇없이 행동하지 않고 이기적이거나 성내지 않으며 악한 것을 생각하지 않습니다.(고린도전서 13:4-5)

그러므로 믿음, 소망, 사랑, 이 세 가지는 항상 남아 있을 것이며 그 중에 제일 큰 것은 사랑입니다.(고린도전서 13:13)

이렇듯 산을 옮길만한 믿음을 가졌다 한들 사랑이 없으면 아무것도 아니라는 신약의 선언은 하나님이 인간을 포함 모든 만물에게 헌신적이며 숭고한 사랑을 주는 절대자의 구체적 언약으로 나타난다.

이것을 우리는 Agape라 부른다.

老子는 도덕경 51장에 이르길,

낳았으나 소유하려하지 않고, 이뤘으나 의존하려 하지 않고, 길렀으나 지배하려 하지 않으며, 이를 일컬어 큰 덕이라 한다.(生而不有, 爲而不恃, 長而不宰, 是謂元德 생이부유 위이부지 장이부재 시위원덕)

이렇듯 부모님 날 낳으시고 이치를 가르치며 모든 것을 주시어 날 살아가게 하시니 바르게 효도하여 근심 걱정 끼치지 말기를 권고하고 있는 숭고한 한없는 부모님의 사랑, 부모의 자식에 대한 사랑을 모성애, 부성애, 가족애로 불리며, 또한 남녀의 아무런 조건이 없는 순수한 사랑도 이를 Storge 또는 Platonic이라 부른다.

친구는 또 다른 내가 되는 사랑,

즉 한계를 넘어 좋은 길로 갈 수 있도록 동기를 부여하고 시간과 공간을 공유하며, 노력을 하지 않아도 어색한 침묵이 없고 항상 낭만이 사이에 흐르며, 친구를 통해 또 다른 나를 발견하며 친구가 내가 되는 우정,

잘못을 지적하며 오래 만나지 않았어도 어색함이 없고, 항상 자신의 생각을 말해 주며, 미디어 발전으로 원할 때 SNS로 소통하고 공감하며 희노애락을 공유하며, 진정한 서로의 모습을 찾을 수 있게 이끌어 주는 친구,

논쟁을 한다 해도 싸우는 것이 아닌 좋은 길을 찾아보는 방법일 뿐, 나의 결점을 알아보지 못할 정도의 소중한 친구, 우리에게 있어 서로 존중하고 의존하는 참으로 나와 같은 친구의 온기를 갖고 있다.

BC 3,000년 전, 메소포타미아 Sumeru에는 인류 최초의 서사시인 Gilgamesh(우쿠라 국왕: 영웅)는 Enkidu 라는 적장과 전투를 하나, 결국 이 둘은 친구가 되어 세상을 호령하고자 하였으나 신의 노여움을 산 소중한 엔키두의 죽음으로 모든 걸 다 버리고 먼 길 힘든 여정을 떠나는 길가메시의 심정을, 나는 이를 일러 우정과 사랑의 Philia라 부르고 싶다.

그리스 신화에서는 Eros 사랑의 신,

로마 신화에서는 Cupido, Amore라 부르는데

이는 모두 욕망(Desire)을 말한다.

태초에 최초로 Chaos신이 있으며, 뒤이어 대지 및 출산의 여신 Gaia기, 바다의 신 Tartarus, 미지막으로 Eros 욕망의 신으로 영원히 죽지 않는 가장 아름다운 신으로 이는 후에 사랑과 미의 여신 Aphrodite(Venus)의 아들로 불리기도 한다. 활과 화살을 지닌 날개 달린 모습으로, 화살은 통제 불가능한 욕정을 부르며 욕망의 화신이 된다. 아름다운 여인 Psyche와 운명적 사랑에 빠지기도 하는 육체적 욕망을 우리는 Eros라 부른다.

정숙한 태도로 신 앞에 무릎 꿇어 신을 예찬하며, 신이 주는 넓고 넓은 사랑을 온 몸으로 체험할 때 Agape의 사랑은 숭고함으로 오지 않겠나? 인간계에서 가장 아름다운 Storge 사랑은 부모님으로부터 끝 모를 사랑으로 가득 담고 성장하였으니 그 위대함을 무어라 표현할 수 있을까?

멀리 있는 친구며, 가까이 있는 친구며 내 속살을 보이며 談論(담론)할 수 있는 Philia love의 친구들이 있으니 얼마나 근사한가?

스토킹, 성범죄 등 저변에는 욕망이 통제되지 않는 부작용의 갖가지 사회 문제를 일으키며 異性(이성)의 육체를 끝없이 탐하는 인간들의 Eros, 異性의 육체는 아름답기도 하지만 절제를 통한 理性(이성)의 올바름을 추구할 때만 아름다울 수 있다.

모든 사랑은 아름답지만 그것은 어디까지나 倫理的 理性(윤리적 이성)을 따를 때 아름다울 수 있기도 하다.

23. 새 삶의 미장센
Mise-en-sce'ne of a new life

전생의 인연이 있던 이곳에서 부모님의 사랑담은 향기의 품속에서
새로운 세상을 꿈꾸며 나는 새로운 삶을 시작한다.
그 것도 의미 없고 궤적도 없었던 쓸데없이 낭비한 전생을 몹시 자책
하면서...........

2043년 6월 25일 패권국가 미국 그리고 그와 맞서겠다는 중국이 지
정학적으로 골치 아픈 내가 살아야 할 한반도에서 또 한 번의 새로운
전쟁이 막 끝이 난 시기인 듯하다.
20년 전 그 옛날과 달리 인간을 대신한 인공지능의 각종 Humanoid
활약으로 빠르게 복구된듯하다.
原子(원자)의 자격으로 20 광년 동안 태양계를 포함한 우리 은하(지름
200,000광년) 하늘 언저리 몇 곳을 여행하며 전생의 부끄럽고 한심하
고 형편없던 내 삶의 모습을 실망스럽게 보고 온 나는 좀 더 멀리 은
하수에도 여행하고 싶었으나 제일 가까운 안드로메다까지 220만 광
년이 걸린다니 안타깝게도 우리 태양계만 여행하는 수밖에,
여행 후 다행히 잘 만들어진 원자의 결합은, 나의 시력은 2.0도를 넘
나드는 매우 훌륭한 신체적 장비를 무기 삼아, 자연스레 내 젊음을
온통 천체 물리학에 명운을 걸고 신비의 138억 광년의 우주 시공간

을 탐험하기로 하였다.

오늘은 세미나기 있는 날로 나는 Wing-jaket을 걸치고 순식간에 날아 연구실에서 친구들을 만나며 오늘의 즐거운 수다를 시작한다.

자율주행 자동차에 장비를 한 가득 싣고 깊은 잠을 자고 나니 어느새 소백산 천문관측대에 도착하여 10×10의 성능 좋은 고배율 smart Telescope를 설치하고 카나리아 星雲(성운)의 우주 절벽과 독수리 성운의 거대한 생명의 탄생을 염탐하기 시작하였다.

우주 물질 중 4%의 밝혀진 100여 개의 원소와 많은 입자 먼지들은 여기에서도 어김없이 태양을 만들고 행성을 만들며 또 다른 우주의 구성 물질을 파괴시키며 탄생시키고 있다.

나는 산소 65%, 탄소 18%, 수소 10%, 질소 3%. 칼슘 2% 등 25개의 원소로 이루어진 유기체로 우주 공간의 무한한 자원으로 이루어져 Mutation(돌연변이) Variation(자연선택)을 거치면서 진화된 neo Homo Sapiens로 장차 이 세상의 동량재가 되리라 다짐한다.

우주배경복사(COBE)가 아니라 밝은 눈을 가지고 직접 빛 파동보다 몇 만 배 빠른 타임머신으로 138억 년 빅뱅의 원시 세상을 탐험해볼 수는 없을까?

한편 저녁을 먹고 38만km 상공의 달에 있는 닐 암스트롱 카페에서 얼마 전부터 열애중인 이웃집 처녀와 달달한 라떼 한잔하고 돌아오는 방도가 무엇일까?

언뜻 떠오르는 생각이 빛도 집어 삼키고 시간과 공간을 찢어 버리는 힘이 무한정인 Black Hole과 Quasar를 통과시켜 빛 파동의 주름을 곧게 펼치면 3.14159/2×300,000kg=470,000km로 우선 빛의 속도를 1.56배 늘릴 수 있으니, 지금의 달까지 도달하는데 1.27초에서 0.81초로 줄이는 이론은 그럴 듯하나 138억년의 계산에는 턱없이 부족하니 나는 Teleportation에 관심을 두기로 했네.

한편 천체 물리를 산책한 후, 나는 전자 물리학에 눈길이 가기 시작하여 알다가도 모르고 이해도 안 되는 양자 역학책을 들고 원자의 힘인 전자기력 즉 만물을 형성하는 장난꾸러기 전자의 재능에 흠뻑 빠지고, 새로운 신비한 에너지의 힘에 몰두를 시작하여 F=ma, F=mg, E=mc^{2}에 흥미를 갖게 되지.

요즘 전기 에너지 자동차가 대세라니 내 아이디어가 하나 있다네.

자동차 지붕 부분을 태양빛 모듈로 설비하여 초기 약간의 동력을 얻어 구동 후, 네 바퀴에 터빈을 연결하여 배터리가 아예 없는, 스스로 에너지를 생산하는 친환경 Mobillity로 하면 아주 괜찮을 것 같으며 Faradays Low와 Maswell's Equations과 극자력, 초전도체를 이용하여 아예 지상을 떠다니게 하면 더 좋을 듯하네. 나는 이것을 Magnetic flying car by self hydronic generator (MFHG)라 명명하겠네.

퇴근 후 음악실에는 Gustav holst의 Jupiter(planet) 음반 LP가 연결되어 태양계 심원의 소리를 듣고 있다.

그 소리는 금속성 소리도 있고 깊은 우물의 울림 같은 소리도 분명 있고, 그리고 오싹할 눈치 챌 수 없는 소리는 Doffler Effect를 이용하여 그 비밀의 파동을 알아 봐야겠다.

아파트 등 대량으로 찍어내는 모듈 주택 설계 시 에어컨디션의 공조 시설처럼 음향 system의 새로운 공조 unit을 처음부터 포함하면 참 쓸모가 많겠지.

요즈음 AI 객체들이 음주를 하거나(사실 알콜에 반응은 할까?) 성 폭력 등, 무질서하게 인간을 공격하는 사례가 종종 포착되니 이들에게 Red shift(赤色偏移적색편이)의 Spectrum을 적용하여 설정된 값보다 넘칠 때 스스로 자멸하는 기술 개발도 서둘러 하여 Singularity(지능폭발)도 예방해야겠지.

전 세계 대다수의 Sapiens들의 손에 들려 있는 휴대폰 말일세. 어차피 몸에 지니고 다녀야 할 것이라면. 우리 어릴 때 종두 예방 백신 맞듯이 태어나면 자동으로 Chip 하나씩 고유로 내장 시켜 신용카드와 주민 코드, 여권 등 다양한 사용법을 개발하면 錦上添花(금상첨화)로 분신 염려도 없지 않을까? 아, 이럴 경우 George Orwell의 오세아니아 Big Brother 독재자의 노예가 될 가능성은 염려는 해야 되겠지.

인간은 야생의 자유로운 동물들을 가축화 시켜 난도질 하였듯, 우리 인간도 종국에는 동물 농장 가축의 신세로 만들어 버릴, 신이 되어 버린 냉혈의 Homo Deus를 경멸 하면서 인류가 보편적으로 쌓아 올린 순수 철학의 이성을 지켜야 되겠지.

1세기 전 나는 형편이 넉넉하지는 않아 집 밥이 맛있다는 핑계로 외식을 거의 하지 않아 아내가 무척 힘들어하며 고생했었지.

이번엔 각종 섬유질과 단백질, 미네랄, 비타민, 칼슘 등을 왕사탕 만

하게 응축시킨 뒤 3알 정도 입에 넣으면 위장에서 팝콘처럼 부풀어 포만감도 느끼고 영양가도 제대로 섭취 할 수 있는 먹거리로 공장에서 대량으로 규격품으로 생산하여 인류의 음식 전쟁을 아예 끝내게 되니 남녀노소 모두가 팔등신이 되는 기적의 음식이 되지 않을까?

(아 참, 원시적이긴 하나 1 세기 전 우주인들 식사하는 방식과 유사하긴 하지.)

인간이 멀고 먼 우주를 여행할 때 필요한 에너지를 어떻게 해결할까? 아직도 계속 진화하는 인간의 유전자에 식물 동물의 에너지를 유기물이 아닌 다른 무기물 즉 미네랄이나 탄소 등으로 에너지를 변환할 수 있는 DNA로 개조시키면 어떨까?

얼마 전 김정은, 푸틴을 비롯한 공산 독재 지도자들이 이 아름다운 지구에, 삼천리 금수강산에 핵의 재앙을 협박하지 않던가?

나는 미국의 핵우산도 필요하지만, 재롱둥이 전자의 강력한 펄스를 북한 상공, 러시아 상공에 지속적으로 전개하여 무력화시키면 어떨까? 하고 궁리해본다.

자기장의 Vector Field를 말함일세.(전자 공학의 대가인 친구 이O희 교수가 보면 미친놈이라 한바탕 웃겠지?)

전생에 나는 종이를 사용하여 종이 그릇을 개발 사용하여 친환경? 이라는 그릇된 망령으로 산림을 파괴하는 기후 변화의 주범으로, 나는 온 천지에 무한히 존재하는 곤충들의 애벌레에서 단백질을 추출한 뒤 그 것을 이용하여 일회용 식품용 그릇(tray)을 개발 사용하여 건강은 물론 탄소 제로인 친환경에 앞장서기로 해 보자.

내 기억은 전생의 Eye Disability로 놋 이분(스티브 호킹 박사 보시게. 핑계 대지 말게) 과학과 새로운 기계 발명의 열망을, 이제는 분수 이상으로 복수심을 이루었으니 밝고 맑은 눈으로 인한 욕망의 고통과 문명의 종말을 재촉하는 것은, 무식이 유식을 점령히는 것처럼 주절대는 소리는 여기 이쯤에서 멈춰야 될 듯하네.

그리하여 而立(이립)의 나이 30까지 미뤄 둔 세상 얌전하고 賢母良妻(현모양처)형인 전생의 아내와 혼인식을 거문고 연주 소리가 들릴 법한 거문도 해변에서 하려 하네. 그 곳엔 태고의 무진장한 생명의 종들이 진화의 바다, 강에서 다음 세기를 기약하고 있다네.
예식장이 검푸른 남해의 절경과 온통 백설로 뒤 덮인 이곳보다 더 흰 백옥 같은 신부를 맞게 된 나는 새로운 결심으로 절대로 망아지나 개망난이는 되지 않고 그대를 위한 고귀함만을 추구할 걸세. Richard Wagner의 Lohengrin이 울려 퍼지며 Bridal Chorus가 신부의 나비 닮은 발걸음을 재촉한다. Strauss2세의 Voices of spring waitz가 울리며 피로연의 하이라이트가 마무리 되면, Sapcc shuttle에 몸을 싣고 미지의 Terraforming의 신대륙으로 여행을 떠나간다.

요즈음 일곱 명이나 되는 아기들과 일일이 눈을 맞춰 가며 그 사랑이 어디까지 일지를 시험하고 있다네. 나는 이 아기들이 개성 있고, 정말 지독한 개구쟁이들이길 바라며 엉뚱해지길 학수고대 하네만, 절대적 육체의 건강을 유념하며 그 중 눈 건강이 최고이길 바라네.
어느 덧 不惑(불혹)의 나이 되어 청춘을 되돌아보니 후회 되는 일 없이 나름 충분하다는 결론에 도달하고 知天命(지천명)의 세월이 성큼 성큼 다가옴을 느끼고 있으니 새삼 삶의 의미와 존재가 궁금해지는 듯

Identity에 대한 철학의 논증이 필요할 것 같네.

그 동안 등한시 하며 차일피일 미뤄 두었던 인문학 노트를 이제 펼치며, 계산된 냉혹한 과학 문명의 현실 세계를 인문학으로 새롭게 바라볼 수 있어야 될 것 같네.
우선 BC의 옛 고대 시대를 가 보기로 하세.
BC 7,000년경 북이라크 지역의 티그리스강과 유프라테스강 사이의 비옥한 crescent(초승달) 지역에서 인류 최초의 Mesopotamia 문명이 출현한다.
BC 2,800년 우르크 왕 Gillgamesh(BC2000경 바빌로니아인. 수메르인이 기록)는 Enkidu와의 우정을 노래한 최초의 서사시를 그리고 그는 신의 호칭을 얻었네.
그리스도교, 이슬람교, 유대교의 공통 조상, 즉 BC 2000 년경 하느님과의 계약(창세기 17장 4-8절)으로 모든 민족의 조상인 Abraham이 초승달 지역을 떠나며 지금의 종교를 있게 하고,
BC 800년부터 BC 200년을 우리는 Principal Axis라 부르며 이 시기에 동서양의 현인들과 신들이 탄생되는 지점으로, 후세를 지나면서 아직도 그 이상의 것을 인문학에서는 찾아 볼 수가 없네.

그리스 로마 철학 (자연 철학 . 인간 철학. 헬레니즘)
고대 그리스의 BC 570년경 수학자이며 철학자인 Pythagoras는 數의 질서가 근원이며 이는 보이지 않는다는 자연 철학을 주창하며 이에 따르는 밀레투스 학파의 창시자 철학의 아버지 Thales는 물이 만

물의 기원, Herakleitos는 불이 만물의 근원 즉 변화, Anaximenes 는 공기가 만물의 근원이라며 이 시기엔 Empedocles의 정리로 흙, 물, 공기, 불의 4원소를 기본으로 BC460년 Demokritos의 원자론으로 자연 철학이 완성되며, BC 470년에 태어난 Socrates가 "너 자신을 알라"는 인간 본질에 대한 탐구와 젊은이들을 타락시킨다는 죄명으로 BC 399년 죽음을 거부하지 않고 영혼불멸을 외치며, 독배로 생을 마치며 인간 철학으로 중심이 이동하게 되네.

한편 동양에서는 BC 570년 노자의 도덕경이 無爲自然 사상과 함께 諸子百家의 춘추전국 시대를 이루게 된다네.

BC 560년 경 인도에서는 석가모니 탄생으로 "마음은 모든 것이요. 당신이 생각하는 것이 곧 당신이 된다."라는 가르침으로 불교 철학은 온 세계에 영감을 끼친다.

BC 313년 북이스라엘로 이동한 아브라함의 아들 야곱의 10지파가 페르시아 알렉산더 대왕에게 멸망을 당하며, 한편 "그리스인처럼 행동하라"는 헬레니즘 철학이 BC 323년에 선을 보이기 시작한다.

헬레(아테네)니즘은 Stoa학파, Cynic학파, Epikouros학파로 구분되어지며, Zenon에 의해 만들어진 Stoa(柱廊)에는 로마 황제 Aurelius 의 기원 1세기 초엽 전쟁과 기근, 질병 등, 지치고 고난한 고독과 유랑의 시간에 유명한 瞑想錄(명상록)을 남긴다.

Cynic(犬儒학파)는 Socrates의 제자인 Antisthenes가 창시한 학파로 자연 질서를 있는 그대로 무소유의 독립 정신을 무장한, 기존 질서를 냉소적으로 바라보며, Ataraxia(고통 없는 쾌락)를 주창하는 원자론자

Epikouros는 관능적인 쾌락이 아니고 괴로움도 없고 영혼의 동요도 없는 에피쿠르스 학파의 그리스 철학이다.

헬레니즘 모든 철학은 신 Platon 철학을 기반으로 하고 있다네.

중세 철학 (교부 철학, 스콜라 철학)

385년 Platon 아카데미가 시작되고, 서로마가 멸망하는 476년부터 Platon 아카데믹이 유스티노 황제에 의해 폐쇄되는 1529년 혹은 동로마가 멸망하는 1453년까지를 중세 철학 시기라 하며,

Augustinus에 의해 教父철학이 Platon 철학을 기반으로 초기 기독교의 원죄론과 성삼위일체론의 이론적 기초를 다지고, 로마제국의 멸망으로 오랜 동안 방황했던 정치 철학자이며, 수도자, 主教이며 성인의 반열에 오른 오늘날 가톨릭과 개신교의 대부분의 교리 기초가 이 시기, 아우구스티누스의 교부철학에 의해 정립이 되었다.

중세 Schola 철학을 대표하는 이탈리아 신학자 Thomas Aquinas는 Aristoteles철학 사상을 기반으로 교회 수도원 학교를 중심으로 중세 기독교 사상의 정점에 이르며 1517년 Martin Luter의 종교개혁과 플라톤 아카데미의 폐쇄와 함께 중세 철학은 막을 내리고, 15세기 Renaissance를 지나면서

근 현대 철학 시대로 접어들며

계몽주의 데카르트의 이성, 분석적 사고

낭만주의 루소, 니체, 쇼팬하우어의 감성주의가 나타나며 실존주의를 거쳐 지금 우리가 사는 대 변혁의 Post mordenizm에 다다른다.

노트를 살펴 본 나는 철학적 논증은 없이 그들의 궤적만을, 다만 나의 미련한 시선으로 "삶과 죽음은 일직선 위에 놓인 점과 점을 잇는 線일 뿐이며, 선과 선이 이어지며 육체와 영혼이 마주 보는 面일 뿐이다" (결국은 자연 철학의 Pythagoras 정리일 뿐이군)

"삶속에 신의 영향은 있으나 신은 존재치 않으며, 허기 들린 죽음 속에만 존재 하는가 보다."라고 중얼 거리며 또 다른 궁리를 시작할 참이다.

이렇듯 나는 기원전부터 동서양 현인과 성인들이 잘 만들어 놓은 질서 속에서 뜻을 펼치며 인류애로 젊은 시절을 보낸 뒤, 역사 철학을 학습하며, 2093년 봄 知天命의 시기에 다시 한 번 더 새로운 미장센을 계획하며 워라밸(work and life balance)의 오롯이 Atraxia의 꿈을 꾸련다.

이것이 내가 새롭게 다시 태어나 전생의 미련하고 미련한 삶을 되풀이하지 않으려는 회한의 일생을 극복하며 거친 날갯짓을 하며 아름다운 일상을 소망하는, 죽음을 이겨내는 끝내는 새 삶의 미장센을 그려 본 것이라.

어느덧 Beethoven의 Sym. #6 Pastoral, 이 종반부를 향해 감미로운 선율을 쏟아 내고 있다.

시계가 벌써 새벽 3시를 훌쩍 넘어 가고 있다. 차가운 겨울바람이 창문을 두드리는 이 밤, 글을 쓰는 동안 나는 이 시대를 살고 있음을 진정으로 감사하다 생각하며 윗세대와 우리 세대가 쏘아 올린 기적의 화살에 매 순간 소름 끼치는 전율을 느끼곤 한다.

척박한 폐허에서 휘황한 대도시가 되고, 가난에 찌든 농촌이 빛나는 소도시가 되는 과정을 목격한 나는 '참 좋은 세상이구나' 라고 말하면서도 가슴 한편으로는 설명되기 꽤나 어려운 연민을 안고 있음을 실토 할 수밖에 없다. 불과 50년 전 농경사회는 숨 가쁘게 산업사회로 바뀌는 역사 바퀴의 굴레 속에, 좀은 차분하고 어설픈 낭만이 깃든 추억마저 잃는 슬픔은 버리기 어려운 깊은 그리움으로 변해 내내 가슴을 무겁게 하고 있다.

이 가을 조상의 묘는 추모원으로, 차례와 제사는 추모회로, 장례는 화장장으로, 부조금은 온라인으로, 명절은 해외로, 산업사회가 무자비하게 바꿔 버린 간단하고 간편한 새로운 질서는 우리의 의식을 천박하게 내 몰아 그 시절 휘황한 대보름 달빛의 추억을 깡그리 난도질해 버리는 만행, 참으로 안타까운 영혼은 끝내는 기진맥진하고 만다. 지나온 과거의 세월도 우리는 소중하게 가꾸며, 그 세월을 추억하고 그 세월의 허름한 낭만일지라도 버리지는 말아야지. 그 세월이 삭막하고 메마른 현대사회의 윤활유가 되어 촉촉한 感性사회를 꿈꾸면서 살고 싶다.

가을바람은 가슴을 휑하게 하는 이별과 그리움으로 다가온다.

몇 旬 지나 불어올 북풍을 예비하며 서둘러 초록 잎은 처절한 붉은 상처의 흔적으로 변해 나뭇가지와 이별을 고하고 벌거벗은 나뭇가지는 한겨울 혹독한 북풍을 견디고, 봄을 기다리며, 겨울 내내 초록 잎 새순의 기운을 만들며 그리움을 달래리라.

아울러 1, 2부를 통해 필자는 가능하면 내 일상에서 알게 된 우리의 있었던 일들을 이야기하다 보니 그것이 필시 우리가 잊고 지냈던 잊지 말아야 할 근 현대사의 한 조각임을 알게 되었다.

따라서 경제, 사회, 정치, 문화, 과학 등 많은 분야의 전문 서적이 넘치지만 오롯이 내 삶의 단편적 시선의 談論적 수필이길 희망하며 그리 평가 받기를 소망한다.

나 또한 새로운 시와 음악이 일상이 되어 그리움이 아닌 우리 앞에 놓인 시대의 갈증을 사색하며 제 4집을 시작해야겠다.

서재 한켠에선 Handel Serse Largo(Ombra mai fu)선율이 전쟁에 지친 Xerxes를 플라타나스 그늘 아래에서 편히 쉬라며 잔잔한 선율로 위로하네. 나 또한 통증의 영혼을 잠들게 하고 있다.

본 수필집 발간을 위해 성원해 주신 여러분께
감사 인사를 전합니다.(無順)
김동국 사장. 동생 김정환. 박복희 사장

2023. 3.